U0024670

搜神異寶錄

懸疑考古探險搜神小說

之6 黃金玉棺

黎源霸刀 著

目錄

第一章

佛祖法杖

苗君儒看著石壁上的圖畫，很多地方都已經模糊不清，
上面有神靈，有天堂，也有地域。
一時間，無法看懂圖畫中的含義。
圖畫旁的那些佉盧字，是刻上去的，倒也可以分辨得清。
苗君儒根據上下那些他認識的字，揣測整句的意思。
剛開始的時候，他連連搖頭，看到後來，連聲道：
「不可能……不可能……」

就在那兩個武士用彎刀朝李道明和周輝劈下去的時候，苗君儒站起身，用盡力氣大聲道：「皇上有令，我們都是遇難客商，不得驚擾！」

他說的是西夏官方語言，那兩個武士聽到他的話後，手下一緩，彎刀從李道明和周輝的頭頂劈過。兩人嚇得幾乎癱軟在地。

那些武士迅速將苗君儒他們幾個人包圍了起來，為首的是昨天晚上見過的那個獨眼漢子。

獨眼漢子騎馬上前，問道：「你們是什麼人，竟敢闖入赤月峽谷？」

赤月峽谷？

苗君儒一驚，在那張藏寶圖中，明確地標示著李元昊的王陵，就在赤月峽谷出口處的荒漠中。也就是說，只要走出這條峽谷，離李元昊的王陵就不遠了。

李道明聽到赤月峽谷四個字後，也將驚喜的目光望著苗君儒。

苗君儒將他對那個老頭子說過的謊話再說了一遍。他知道那個老頭子是李元昊的後裔，肯定是這些人的皇上，所以才說出剛才的那句話，救了李道明和周輝的性命。

獨眼漢子厲聲道：「你們為何不朝北走，而要闖入禁地呢？」

事已至此，苗君儒只有繼續瞎編下去：「我等不辨方向，以為峽谷是出路，無意闖入禁地，望將軍開恩！」

獨眼漢子的面色緩和下來：「看在皇上的面上，饒過你們，往前一里地，有一山洞，洞中有水，你們休息之後，照原路返回，否則，殺無赦！」

說完後，獨眼漢子打了一聲呼哨，領著眾人疾馳而去，沙塵滾滾，轉眼已經消失不見。

「我們快走，一里之外有一個山洞，洞裏有水！」苗君儒說道。

苗君儒他們互相攙扶著，走出一里多地後，果然見左邊的岩壁下有一個山洞。一進洞口，就感覺到一陣涼爽之氣，身上的熱氣頓消。

大家各自找地方躺了下來。苗君儒將林寶寶抱到一處平坦的地方，脫掉他的衣服，用毛巾沾水將他的周身擦了一遍。

「苗老師，我弟弟他不會有事吧？」林卿雲緊張地問。

苗君儒看到洞口的一處角落裏，長著幾棵黃色小花的植物，微笑道：

「他有救了！」

那種黃色小花的植物叫金花草，是一種上等的解暑良藥。他忙摘了幾棵，找東西搗成汁，加上一點水，灌入林寶寶的口中。

喝了藥水之後，林寶寶還在昏睡。

「這裏還有一點，等下他醒過來再餵他喝！」苗君儒說道。

休息了一下之後，李道明支起身子問道：「你不是說這裏有水的嗎，水呢？」

苗君儒說道：「應該在裏面，有洞的地方，一般都有地下河，你們現在進去吧，我休息一會兒！」

安頓好林寶寶後，他躺了下來，被灼傷的背部貼在地上，有些疼，但是冰冰涼涼的，感覺很舒服。

李道明並未起身，看了大家一眼，又重新躺下。幾個人穿過赤月峽谷，好歹撿回一條命，但都累壞了。

苗君儒休息了一會兒，將身體移到洞壁邊靠著，對林卿雲說道：「我得和你好好談一下，你的父親到底想怎麼樣？難道他就不顧你們兩個人的死活嗎？」

林卿雲沉默了一下，眼圈頓時紅了，「苗老師，我沒有想到會這樣！」

苗君儒歎了一口氣，說道：「他拿自己的兒子和女兒來拚，值得嗎？」

林卿雲低聲說道：「他說只要等李老闆拿到天宇石碑，就馬上動手，可是後來我們只有半塊，而且多出了一樣天師神劍，所以他只好讓我們繼續跟著你們，在瓜州的時候，本來是要動手的，可是有很多人，所以就……」

苗君儒說道：「趙二說我們身後至少有兩幫人馬，除了蔡老闆外，就是你父親了，你父親帶了多少人來？」

林卿雲搖了搖頭：「我不清楚！」

苗君儒問：「那你知道什麼？」

林卿雲說道：「一個月前，我家裏來了一個人，他們和我父親在書房裏談話，也不知道說些什麼，第二天，我母親就撞牆死了，然後，我就知道我父親得到了一張藏寶圖。」

苗君儒問：「你見過那幾個人嗎？」

「沒有，」林卿雲說道：「但是管賬先生好像認識那個人。」

管賬先生已經被人殺了，一定是那個人滅的口。那張藏寶圖，極有可能就是那個人給林福平的。令人不解的是，那個人為什麼不自己帶人去尋找寶藏，而要將藏寶圖白白送給林福平呢？

為了那張藏寶圖，不知道有多少人豁出了性命，那個人那麼做，似乎有些不合常理，除非和林福平還有什麼秘密的協議。

究竟他們之間有什麼協議呢？

這個問題只有在林福平身上去尋找答案了，苗君儒現在也不願意多想，他望向周輝，說道：「我不喜歡不誠實的學生，你自己說吧！」

周輝說道：「老師，我沒有騙您，我是他的外甥，可是我是真的想跟您出來學習的！」

苗君儒說道：「蔡老闆若是沒有你沿途留下的記號，也追不到這裏。你和林卿雲都是他們特意安排到我身邊的。」

周輝很難為情地說道：「老師，我家裏窮，沒有錢供我讀書，都是我姨父給的，他還叫我學考古，我也是沒有辦法才答應他……」

苗君儒苦笑了一下：「我能理解，只是我想不到居然被自己的學生利用了，而且是最器重的學生。」

周輝跪在地上，說道：「對不起，老師！」

苗君儒說道：「說對不起的應該是我，等會兒我到裏面打些水，然後從這峽谷走回去，我不想再去找什麼寶藏，你們要找的話，自己去找好了！」

李道明坐起來，說道：「你說什麼，從這條峽谷走回去？」

苗君儒說道：「是的，如果想要活命的話，就回去，那個獨眼的將軍說了，如果我們再往前走的話，就只有死路一條，你們哪個不想被砍頭的，就跟我走！」

李道明說道：「只要再往前走，就能找到寶藏了！」

苗君儒說道：「你沒有看到那些被殺的人嗎？如果你的頭沒有了，找到寶藏又有什麼用？」

李道明叫道：「可是我妹妹在他們那裏，而且他們殺了我父親！」

苗君儒笑了一下：「那是你家的事情，和我沒有關係。」

林卿雲和劉若其同時說道：「老師，我跟您回去！」

金花草的藥效確實不錯，林寶寶喝下去沒有多久，就甦醒了過來，林卿雲將剩下的藥汁全餵他喝了。

「老爸，我剛才在夢裏聽到你們說話，好吵呀！」林寶寶說道，他的精神好了很多。

李道明拿著槍，可是槍裏已經沒有子彈了，在對付那兩隻通靈炙犛的時候，已經被苗君儒全部射了出去。一把沒有子彈的槍，是無法對任何人形成威脅的。

他丟掉槍，拿起幾個空羊皮袋，向洞內走去。趙二點燃了一支火把，跟在他的身後。

「我也去打點水，等下留在路上喝！」劉若其提了幾個羊皮袋，也跟了進去。

「你起來吧，」苗君儒對跪著的周輝說道：「每個人都會有過錯，我不怪你，知錯能改就好！」

「老師，您原諒我了？」周輝驚喜地起身，說道：「老師，您休息，我也進去打水！」

見周輝進去了，苗君儒對林卿雲說道：「你把那幾棵金花草也採了，留在路上用，等他們出來我們就動身，儘量趕在天黑前走出這個峽谷！」

林卿雲擔心道：「可是您的身體還沒有……」

「我沒事，到時候叫周輝和劉若其幫忙照顧林寶寶，他不能再中暑了，」苗君儒的目光掃過地面，看到地面上有些馬蹄印，想必是那些人也來這裏打水。

突然，洞內傳來劉若其的聲音，「老師，老師，您快來看！」

苗君儒舉著火把朝洞內走去，走不了多遠，就見到一排斜著向下的台階，台階是人工在石壁上開鑿出來的，從痕跡上看，年代已經很久。下了台階後，看到劉若其他們四個人站在一條地下河的旁邊。見苗君儒下來，劉若其指著地下河對面的那邊說道：「老師，您看那邊！」

地下河並不寬，水質清澈，水流也很緩。在河的對面，隱隱可以看得到一幅幅繪在石壁上的壁畫，旁邊還有一些字跡，只是由於光線太暗，看得不是很清晰。而且在幾幅壁畫的中間，還有一個洞口，從那個洞口的外形上

看，也是人工雕琢的。

壁畫上人物圖像和他們此前見過的不同，具有伊斯蘭教的風格，旁邊的那些文字彎彎曲曲，根本不是西夏文字。

劉若其說道：「老師，我覺得那些文字有點像您教過我們的佉盧文！」

苗君儒定睛看了一下，確實是佉盧文。

佉盧文最早起源於古代犍陀羅，是西元前三世紀印度孔雀王朝的阿育王時期的文字，原文為Kharosthi，全稱「佉盧虱底文」，最早在印度西北部和今巴基斯坦一帶使用，西元一到三世紀時在中亞地區廣泛傳播。

佉盧文字是一種音節字母文字，由兩百五十二個不同的符號表示各種輔音和母音的組合，從右向左橫向書寫，一般用草體，也有在金屬錢幣上和石頭上的銘文。

西元四世紀中葉隨著貴霜王朝的滅亡，佉盧文也隨之消失了，成了一種無人可識的死文字。

十幾年前，有外國的探險家，在絲綢之路的一些文物上，發現了這種文字的存在，證明到七世紀末，才在歷史上徹底消失。

有關的專家認為，佉盧文使用時正是佛教發展時期，有許多佛經是用佉盧文記載的，並通過絲綢之路向中亞和中國西部流傳。

這種文字離奇消失，至今仍是一個謎。而且在絲綢之路上，使用這種文字的究竟是什麼人，也是個謎。

幾年前，苗君儒去新疆考古的時候，從一個貴霜王朝的後代那裏，學習了一些佉盧文，回到北平之後，他向他的學生講解了這種文字，所以劉若其認得。

他們現在所處的地方，正是古代絲綢之路的周邊地區。

「老師，我們過去看看吧？」周輝提議說：「您不是說至今沒有人解開絲綢之路上什麼人使用佉盧文嗎，說不定我們可以解開。」

苗君儒看了一下地下河，河底是細沙，並不深，如果真的從對面的石壁上找到答案，也不虛此行。

「我先過去，」劉若其自告奮勇跳下水，下去後剛走了兩步，突然大叫起來，身體開始漸漸陷了下去，苗君儒大驚，忙上前拉著他的手，將他扯了上來。

苗君儒說道：「好險，地下河底的細沙是軟流沙，人一踩上去後，會很快陷下去，幸虧你沒有走遠，要不然我們就是想救你，也沒有辦法！」

劉若其心有餘悸地站著，說道：「難道我們就沒有辦法過去了嗎？」

「辦法是有，」苗君儒說道：「把羊皮袋集中起來，用繩子捆住，做成一個氣筏划過去，為了防止被水流沖走，最好找一根長繩子繫著，那樣就安全了！可是到哪裏去找繩子呢？」

「外面那些屍體身上的腰帶，集中起來後，不就成了繩子了嗎？」李道明說道。

「老師，您在這裏等，我們去！」周輝說道。

「那麼多無頭死屍，你們不怕嗎？」趙二笑道。他見過周輝和劉若其看見那些死屍的樣子，兩個人的臉色煞白，一臉的驚恐。

他們兩個人都是學生，見過不少已經腐朽的骷髏，但是被砍頭的人，還是第一次見到，何況還有那麼多。

「還是我陪你們去吧！」趙二說著，向台階上走去。周輝和劉若其跟在他的身後。

苗君儒和李道明也來到了洞口，坐在地上等。他從背包中拿出一些大餅，吃了起來。每個人的背包裏都有一些乾糧，可以維持幾天，現在水不用愁了，大可在這裏多待一天。那個獨眼將軍只說不要繼續往前走，並沒有規定他們在這個洞裏休息多長時間。

在石壁上刻下那些文字的人，肯定就是當年使用佉盧文的人，如果能從這些文字上找到相關線索，就能夠填補歷史的空白。

李道明望著苗君儒，突然放聲大笑起來。

「你笑什麼？」苗君儒問。

「我笑你很笨，」李道明笑道：「居然被兩個學生利用了！」

苗君儒說道：「他們也是被別有用心的人利用了！這不怪他們。」

李道明轉向林卿雲，說道：「林小姐，不知道你的父親現在在哪裏，是不是還在找你們？」

林卿雲的臉色微微一變，並不答話。林寶寶的身體好多了，在洞口走來走去。

見林卿雲不答話，李道明對苗君儒說道：「苗教授，我還是和你們一同回去吧，沒有兩塊天宇石碑，也找不到寶藏的入口！」

沒有多久，周輝他們三個人回來了，帶來了不少腰帶，還有幾個羊皮袋。趙二的手上提著一些從屍體上剝下來的衣服，說是用來做火把。

將腰帶一根根的連接起來，足有幾十米長。他們把羊皮袋內的水倒空，吹上氣，紮緊口子，十幾隻捆在一起，就像一隻小皮筏。

幾個人下到地下河邊，將那捆羊皮袋往水裏一丟，見羊皮袋穩穩地浮在水面上。林寶寶的身體已經恢復得差不多，拽著姐姐也下來了。

「老師，這次讓我來！」周輝說完，將身體趴在那捆羊皮袋上，一手舉著火把，一手划水，向對面划去，很快就到了對岸。

就這樣，剩下的人一個一個地划過去了。

站在石壁前，苗君儒看著石壁上的圖畫，由於圖畫臨近水邊，所以很潮濕，很多地方都已經模糊不清，只能看出一個大概，上面有神靈，有天堂，也有地域。一時間，無法看懂圖畫中的含義。

圖畫旁邊的那些佉盧字，是刻上去的，倒也可以分辨得清。但是上面的很多文字，苗君儒都看不懂，不過這也難不倒他，可以根據上下那些他認識的字，來揣測整句的意思。

剛開始的時候，他連連搖頭，看到後來，連聲道：「不可能……不可能……」

「老師，什麼不可能？」劉若其問。

苗君儒說道：「怎麼會是羯人留下的呢？」

羯人是西漢時期中國北方古代民族名。又稱「羯胡」。羯人入塞之前，隸屬於匈奴，即「匈奴別落」。羯人具有深目、高鼻、多鬚的特點。體貌特徵類似於高加索人種。

東漢後期，曹丕代漢立魏後，轄淮河以北的廣大地區，境內除中原漢族外，還包括匈奴、鮮卑、氐、羌、烏桓、羯、盧水胡、西零等少數民族。

東晉元帝大興二年（三一九），羯人石勒建立趙國，史稱後趙，為十六國之一。參照魏、晉王朝的法規，建立各種政治制度，設立學校，提倡經學，閱實戶口，勸課農桑，對安定社會起到一定作用。但法政嚴苛，殺人甚多。實行「胡漢分治」，禁說「胡」字；稱羯人為國人，稱漢人為漢人；縱容羯人欺壓異族。朝廷設有專門官吏門臣祭酒，管理羯人訴訟。

石勒死後，石虎繼位。石虎殘暴，迫害臣民，在鄴城大建宮室，築樓台高閣，眾役繁興，加之征遼西、征東晉的窮兵黷武，終於引發了社會的動盪和人民的強烈反抗。西元三四九年，梁犢率邊兵起義，打擊了後趙的統治者。石虎病死後，他的兒子們為爭奪帝位，自相殘殺，後趙大將軍冉閔乘機利用民族矛盾，攻殺後趙皇帝石鑒，奪取政權，國號魏，史稱冉魏。

冉魏政權，排斥少數民族，大肆殺戮羯人及其他少數民族，幾乎導致羯人滅族。西元三五二年，鮮卑族首領慕容氏從東北攻入冀州，冉閔兵敗被殺，冉魏政權僅兩年多就被滅亡了。連年的殺戮，最終導致了羯人在歷史上消失。

西元五世紀開始，歷史上就再也沒有羯人生活的痕跡。

可是這石壁上留下的佉盧文，竟然是羯人所寫，而且時間在西元十一世紀，上面寫著族人遭大夏兵馬屠戮，倖存的人帶著聖物逃入這個山洞。

石勒建國後，所用的文字都是漢字，而且很多羯人都已經漢化。難道這裏的羯人，是西漢時期羯人入塞後的另一個分支?由於處在絲綢之路上，所以接受了外來文化，會用佉盧文。受地域的影響，一直與外界隔絕，直到有一天，被大夏的兵馬發現，並遭到屠殺。

文字中提到的聖物，究竟是什麼呢？

「老師，這上面說的是什麼意思？」周輝問。

「我也看得不是很明白，」苗君儒說道。有些秘密寧可讓其永遠留在歷史的長河中，也絕不能讓有野心的人知道。

「老師，要不我們進去看看，」劉若其說道：「說不定能夠在裏面發現什麼。」

苗君儒也想證實自己的推測，也希望在洞內能夠找到相關的證據。他舉著火把，向洞內走去。

這個洞並不寬敞，剛好容兩個人並肩走。進洞後，他看到地上有一排清晰的牛蹄印，蹄印是由洞內出來的，難道這洞裏面還有牛不成？

這倒奇怪了！

往前走了一段路，進入一個很大的溶洞，這時，他驚奇地發現，溶洞內遍地都是乾屍，老老少少男男女女，一具緊挨著一具，層層疊疊。在這些乾屍的中間，還有一些簡單的生活用具。這些人一定在這個洞內生活了一段時間，也許無法走出這個洞，或者為了保守聖物的秘密，他們選擇了死。

苗君儒仔細看著面前一具男性的乾屍，見乾屍的眉骨高聳而眼眶很深，鼻樑也很高，一臉的絡腮鬍。這些特性，都與史料中對羯人的描述一樣。

可以肯定，這些乾屍就是羯人。

乾屍身上穿的衣物，以皮毛為主，偶爾有麻布。符合宋朝初期少數民族平民百姓的裝束。在那些成年男性的乾屍腰間，都有一把兩尺多長的腰刀。所有的乾屍面容祥和，死前也一定有了充分的心理準備。

苗君儒身後的幾個人看得頭皮發麻，不敢再朝前走一步。

「老師，您看那邊！」周輝指著前面說道。

其實苗君儒已經看到了，就在他的正前方，緊靠著洞壁的地方，一大堆乾屍有規律地圍成半個圈，圈子中間有一張較高的石椅，石椅上端坐著一個老人，估計就是這群人的族長了。老人的目光平視，右手緊握著一根黑乎乎的手杖，杖頭上不知道有什麼東西，隱隱放出紅光。

苗君儒慢慢前行，從一具具乾屍中間走過去。李道明緊跟著他，眼睛盯著杖頭上的紅光，卻沒有留意腳下，「噗通」一下絆倒，趴在一具女性乾屍的身上，來了一次最親密的接觸。嚇得他連忙爬起身，用手抹著臉上的灰塵，連聲道：「晦氣，晦氣！」

苗君儒冷笑道：「你應該沒少跟死人打交道吧，怎麼說這樣的話呢？是你冒犯了她，說晦氣的應該是她才對！」

在離手杖還有幾米遠的時候，李道明一個健步，衝過去將手杖抓在手裏。就在他想笑的時候，突然聽到一陣奇怪的聲音，臉色頓時大變。

苗君儒用力向前一撲，將李道明撞倒在地，與此同時，幾支利箭從旁邊的乾屍堆中射出，飛過他們剛才所站的地方。

緊接著，他們的頭頂傳來細微的聲響，苗君儒情知不妙，身體在屍堆上連滾。從上面落下幾塊巨石，砸在地上，激起一些灰塵。

他的身體並沒有停，連連翻滾，滾出了十幾米，才起身。見那張石椅的旁邊，落著幾塊巨石。

他問道：「李老闆，你沒事吧？」

過了一刻，才聽到李道明顫抖的聲音，「我沒……沒事。」

他剛才被苗君儒那一撞，撞出了好幾米遠，正好避過那幾塊巨石的襲擊，其中一塊巨石緊挨著他的身體，就差那麼一點點。這幾下事起突然，他已經在鬼門關走過了一遭。他被嚇傻了，好一陣子才反應過來。手忙腳亂地爬起身，朝大家這邊跑過來。

苗君儒看清李道明手中的手杖頭上，有一顆鴿卵大的紅寶石，紅光正是這顆紅寶石發出的。

他說道：「把手杖給我看一下！」

李道明驚魂未定，把手杖遞給苗君儒。

手杖通體黑色，拿在手裏顯得有些沉重，也不知道是什麼東西製作的，與別的手杖不同的是，這根手杖並不是圓的，而是四四方方，每一面都刻著密密麻麻的梵文。

他看了一下，竟是一部金剛經。

他腦海中靈光一閃，莫非這就是傳說中的佛祖法杖。傳說佛祖釋迦牟尼在菩提樹下悟道成佛後，留下兩樣法器，一件是紫金玉缽，另一件是四方紅寶石權杖。以後的佛門弟子稱這支四方紅寶石權杖為佛祖法杖，據說持有佛祖法杖的人，能擁有無上功德，領悟到佛法的真諦，避過人世間生老病死等諸多苦難，跳出五界脫離苦海，涅槃後直接成佛。佛教東傳後，各地佛門弟子都想將這兩件佛門聖物據為己有，於是暗中展開一場搶奪。紫金玉缽至今仍保存在印度迦毗羅古寺中，但是佛祖法杖卻在西元前一世紀就已經失去了蹤跡。

佛祖法杖由一塊上古玄玉雕刻而成，方方正正，代表東南西北四個方向的諸天神佛。紅寶石的下面是個圓形的托，上面刻著一圈梵文：達雅塔嗡牟尼牟尼瑪哈牟那耶梭哈。是佛心咒。

兩千年來，關於佛祖法杖的傳說，有不同的版本。想不到竟流落在這裏，這支羯人是如何得到這件佛門聖物的呢？

這恐怕是個永遠的歷史之謎。

崇尚佛教的李元昊，不知通過什麼途徑，知道這件佛門聖物就在這支羯人中，所以才派兵追殺，可惜他最終沒有得到。

這支羯人為了保住佛門聖物，不惜全體殉身，難怪他們死得那麼安詳。

「這是什麼？」李道明問。

「是少數民族中代表權力的權杖！」苗君儒說道。如果將這件佛門聖物帶出去的話，不知道會引起佛界多麼大的震動。與其引起紛爭，還倒不如讓它永遠留在這裏。

「苗老師，我們回不去了，」林卿雲叫道。他們身後那個進來的洞口，也被一塊巨大的石頭從裏面堵住。

「這裏還有別的洞口，」苗君儒說道。那一排清晰的牛蹄印，告訴他們如何順著蹄印出去。

他舉著火把，仔細看地上的蹄印，由於剛才他們走過，地上的蹄印已經無法看清，好容易尋到一些痕跡，見蹄印一直往左去。

他在乾屍堆上朝著蹄印的方向往前走，來到左側的洞壁邊上，見蹄印消失了，再也尋不見。他心中暗驚，怎麼會這樣？難道這個世界上還有憑空消失的動物嗎？

他站在那裏，朝上面看了一下，見洞壁的上方有一處凸起，忙朝洞壁上看，果然在洞壁一人高的地方，又發現蹄印。他將火把儘量舉高，終於發現洞壁上方那處凸起的斜對面，有一個較大的空間。

那個動物肯定是從上面下來的。這麼高的距離，動物可以上下自如，但是人卻不行。對他們幾個人而言，等於沒有找到出路。

苗君儒有些失望了，怔怔地看著手中的佛祖法杖。他望了望巨石落下的地方，見巨石有三塊，分別落在石椅的三個方向，對石椅並沒有造成任何損壞。石椅上的老人，仍端坐在那裏，目光平視著前方，彷彿看得很遠，很遠。

他循著老人的目光望去，見正對著老人的洞壁邊，有四具站著的乾屍。這洞內，其他的乾屍或躺或坐，為何就那四具站著？

他心中一喜，忙奔過去。果然，在四具乾屍身後的洞壁上，發現一個四方形的孔。他將手中的佛祖法杖伸進去，聽到「咔踏」一聲。那四具站著的乾屍朝兩邊倒去，從地下升上來一塊石板，上面用佉盧文寫著一行字：物歸原主，回頭是岸。

他想了一下，將佛祖法杖抽了出來，返身走到石椅前，重新放回老人的手中。

李道明叫道：「這麼好的寶貝，光那粒紅寶石都可以賣不少錢，你怎麼放回去了？」

苗君儒說道：「如果你想死在這裏的話，就將這東西拿走！」

見苗君儒這麼說，李道明不吭聲了。

佛祖法杖放回去後，洞內並沒有任何響動。苗君儒心道，難道我弄錯那一行字的意思了？

他蹲下身，見椅子的前面有一個四方孔，忙將佛祖法杖的底部放下去，見法杖漸漸下沉，接著聽到一聲轟響。他下意識地往旁邊一退，見上面並沒有石頭掉下來。倒是堵在他們進來那個洞口的巨石，奇蹟般的不見了。

「快點回去！」苗君儒說道。他最後一個離開溶洞，聽到後面傳來聲響，回頭看時，見一隻紅紅的動物，就站在石椅旁邊的一塊巨石上，正是他在赤月峽谷中看到的通靈炙犛。

他們走出通道後，照著原來的方式過了河，把羊皮袋一隻隻的解開，灌滿水，上了台階，來到洞口。

見洞口處站著十幾個人。

苗君儒看到那些人中間的一個人，心道：完了。

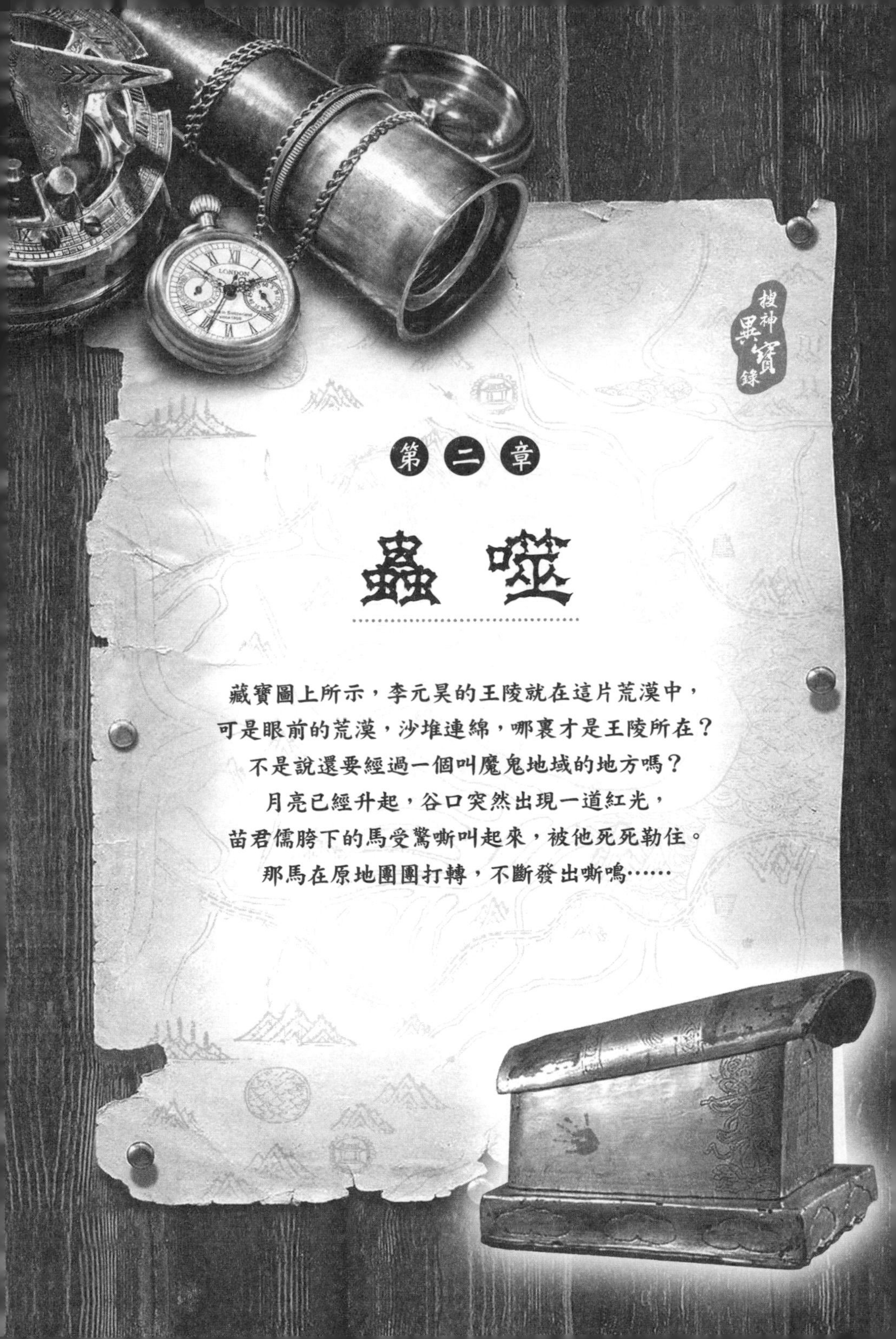

第二章

蠱噬

藏寶圖上所示，李元昊的王陵就在這片荒漠中，
可是眼前的荒漠，沙堆連綿，哪裏才是王陵所在？
不是說還要經過一個叫魔鬼地域的地方嗎？
月亮已經升起，谷口突然出現一道紅光，
苗君儒胯下的馬受驚嘶叫起來，被他死死勒住。
那馬在原地團團打轉，不斷發出嘶鳴……

苗君儒看到的，正是他昨天晚上在那個小村裏見到的老人。站在老人身邊的，是十幾個西夏武士。

那些武士一個個怒容滿面，手握刀柄，就等老人一聲令下，立馬將苗君儒他們變成無頭之鬼。

從昨天晚上到現在，苗君儒一連撒了兩次謊。在中國古代，撒謊可是大罪，對皇帝撒謊是要誅滅九族的。

老人的臉上見不到任何表情，他望著苗君儒，目光像劍一樣犀利，直透到苗君儒的心裏。

苗君儒身邊的幾個人都嚇壞了，不敢向前走。他定了定神，硬著頭皮走上前去，朝老人深深鞠了一躬，說道：「對不起，我們走錯路了，無意闖入你們的禁地！」

老人說道：「你們不是無意，是有意！你們和以前那些人一樣，是衝著寶藏來的。」

苗君儒愣了一下，絕不能承認是衝著寶藏來的，否則只有死路一條，他說道：「我們確實是客商！」

「沒有客商會走那條路，」老人說道：「我的武士在那邊發現了你們的人，是被你們自己殺死的！」

苗君儒想不到那些槍戰後留在沙地上的屍體，會被西夏武士發現，他繼續說道：「我們的貨物都被馬賊搶走了，就留下我們幾個人……」

「好了，我不想再聽，我已經給過你們逃生的機會，」老人打斷了苗君儒的話，說道：「是誰告訴你，闖入禁地會得到我的赦免？」

苗君儒剛才說過：「我們是無意闖進來的，我相信你不會是濫殺無辜的人！」

老人對那些武士說道：「把他們帶走，接受蟲噬之刑！」

那些武士上前，三兩下將苗君儒他們捆綁起來，並栓在一根繩子上。

苗君儒大驚，老人居然對他們幾個人用蟲噬之刑。蟲噬之刑是古代的一種酷刑，就是把人的衣服扒光，綁在柱子上，讓毒蟲蛇蟻來咬，受刑者又疼又癢，痛苦萬分，熬上幾天幾夜才死。

這種死法，比凌遲處死好不了多少，還不如照著脖子砍上一刀來得痛快。

老人上馬朝來的路回去了，那些武士也上了馬，用一條繩子牽著他們朝前走。

「他們要把我們帶到哪裏去？」李道明問。

苗君儒說道：「你不是想往前走嗎？這下如你所願了！」

幾個人被牽著朝前走，半個小時後，他們出了峽谷，眼前的視線頓時開闊起來，高低起伏的沙地，一望無際的荒漠。偶爾幾株灌木的綠色，點綴著這黃色的天地。

「快點走！」一個騎在馬上的武士，用皮鞭抽走在最後的趙二，一鞭下去，趙二的背上立即出現一條血痕。

「媽的，也不知道說的是哪國話，就是英語我也能夠聽得懂一點，」李道明說道。

「他叫你們快點走，」苗君儒說道。

儘管已經臨近黃昏，但是沙地上的溫度還是很高，幾個人大汗淋漓，一步一步地緩慢走著。裝滿水的羊皮袋就掛在幾個武士的馬上，隨著馬匹的走動，一晃一晃的。

從另一邊衝過來十幾騎人馬，趙二看到了那個穿著王妃服飾的女人，正被其他的武士簇擁著，忙叫道：「李老闆，是你妹妹，你妹妹呀！」

李道明扭頭，也看到了，大聲叫起來：「菊香，菊香，我是你哥，快救我，快救我！」

「刷」的一下，李道明的頭上挨了一鞭，半邊臉立刻腫了起來。馬上的王妃並未正眼看他們一眼，在眾武士的簇擁下，快速朝前面去了。

李道明叫道：「苗教授，你告訴他們，那個王妃就是我的妹妹！」

苗君儒說道：「你認為他們會相信嗎？」

李道明叫道：「可那是真的呀，你們也看到了的，那個湖邊的王妃，就是我失蹤的妹妹。」

苗君儒說道：「我也知道是真的，問題是他們不相信，說了也沒有用；他們現在的任務，是把我們帶到一個地方，去接受蟲噬之刑，那是一種比砍頭還痛苦一萬倍的死法。我們現在要做的，就是想辦法逃走。」

李道明問：「你想到了嗎？」

「正在想，」苗君儒說道：「他們有十六個人，我們是七個，就算兩個人搶一匹馬，也要四匹。」

李道明問：「怎麼搶，我們現在都被綁著，要是有槍就好了，我就不相信打不死他們！」

走上一道山坡，見前面的那隊人馬朝左邊去了，只剩下一溜塵土和影子，那些武士押著他們朝右邊行去。

「我走不動了，」林寶寶叫道。說完後，他一下子坐在地上，連帶著身邊的劉若其和林卿雲也被拖倒在地。

一個武士催馬衝過來，苗君儒大聲叫道：「按照律法，犯人在死之前必須活著，再這樣下去，還沒等走到行刑地，我們就已經渴死了！」

一頭目模樣的武士說道：「給他們水喝！」

一個武士從馬上解下羊皮袋，丟到地下。

「把我解開，」苗君儒說道：「身為大夏國的武士，難道還怕犯人會從你們眼皮底下逃掉嗎？」

他使用的是激將法，刺激那些武士的尊嚴。

一個武士拔出彎刀，將綁著苗君儒的繩索砍開。苗君儒從地上拿起那袋水，挨個給大家喝。

「老師，我們真的會死嗎？」劉若其顫抖著問道。

「命運有時候掌握在自己的手中！」苗君儒說道。他來到林寶寶的身邊，解開繩子，將林寶寶背在背上。

林寶寶低聲在他耳邊說道：「老爸，我身上還有一支槍！」

苗君儒已經將林寶寶身上的槍拿了出來，是一隻左輪手槍，但是槍裏只有六發子彈。他朝四周望了一下，見前面那支人馬早已經走得沒有影了。按藏寶圖上所示，李元昊的王陵就在赤月峽谷出口處的荒漠中，可是眼前的荒漠，沙堆連綿，哪裏才是王陵所在？不是說還要經過一個叫魔鬼地域的地方嗎？魔鬼地域在哪裏呢？

「快走！」一個武士喝道。

幾個人相繼起身，繼續前行。苗君儒背著林寶寶，走在隊伍的最後面。

再過些時候，天就會黑了。

在天色將要黑下來的時候，他們來到一處風蝕城堡中，只見一座座拔地而起的塔狀山岩，高度從幾米到幾十米不等，山岩上佈滿大大小小的坑洞，那都是被風吹成的。進入城堡，就如同進入了迷宮，一座座形狀大同小異的塔岩，讓人無法分辨東西南北。

前面有一個武士帶路，苗君儒注意到，每當看到一座塔頂很尖的山岩，就朝右拐。走了一陣之後，面前出現一個大坑。

他們驚呆了，見大坑底部全是骷髏，骷髏堆中，無數隻蜥蜴、毒蠍和多足蟲，在骷髏中爬來爬去。坑沿幾根立著的木樁上，還綁著幾具腫脹不堪的屍體，屍體已經無法看清本來的面目了，但從屍體上穿的服飾看，好像是張厚歧手下的士兵，不知這幾個士兵怎麼會被人抓到了這裏，遭到了蟲噬之刑。

在大坑的另一邊，有幾座一人多高的大沙堆，幾隻黑色的大甲蟲從沙堆頂上的洞裏爬出來，停留在沙堆上，抖動兩支大螯角，發出恐怖的「嘶嘶」聲。沙堆旁邊的沙地上，陸續鑽出幾十條色彩斑斕的蛇來。

李道明他們幾個人嚇得臉色慘白，林卿雲低著頭，不敢再看。

兩個武士跳下馬，用彎刀劈開木樁上的繩索，那幾具屍體隨即滾下坑，和那些骷髏滾在了一起，用不了多久，也會變成骷髏。

不能再猶豫了，苗君儒把林寶寶放在地上，低聲說道：「看到那兩匹馬沒有，等下你抓著轠繩，不要讓馬給跑了！」

那兩個武士要去抓趙二和周輝，聽到苗君儒叫道：「來吧！先把我綁起來。」

兩個武士相視一望，冷笑著朝苗君儒走來。

苗君儒看著他們一步步走近，當他們來到他面前時，他出手了，右拳猛揮，擊中其中一個武士的下巴，同時左腳踢出，踢中另一個武士的下陰。這兩下乾淨利索，那兩個武士還沒有反應過來，就已經中招，手中的彎刀掉落在地，身體卻在大叫聲中滾落坑底。

苗君儒撿起一把彎刀，丟給劉若其，叫道：「快把繩子割斷！」

在他的身後，幾個武士已經拔刀催馬衝了過來，他迅速轉身，連開三槍，三個武士中槍滾落下馬。但是他們所騎的三匹馬，卻並不停下，轉眼已經衝到劉若其他們的身邊。

槍聲將其他武士震住了，他們望著苗君儒手裏的槍，不敢衝上前。

「姐，老爸！我熬不住了。」林寶寶大叫著。在苗君儒出手的時候，他就抓住了那兩匹馬的韁繩，馬被槍聲所驚，長嘶一聲衝了過來，他被韁繩扯著在地上拖。

一匹馬經過苗君儒身邊的時候，他一探手抓著韁繩，另一隻手扯著林寶寶的衣服，順著馬的衝勢翻身上馬，同時將林寶寶放在自己的前面。

劉若其他們已經用彎刀割斷了身上的繩索，並抓住了幾匹馬的韁繩，飛快上馬。

那個頭目已經反應過來，拔刀大叫道：「不能讓他們跑了，抓住他們！」

眾武士催馬追了上來。

「快跟著我走！」苗君儒叫道。見掉落坑底的那兩個武士身上爬滿了蟲子，雙手狂舞著，發出駭人的慘嚎。

苗君儒帶頭衝進了塔林，眼睛不斷尋找那些頂頭是尖尖的塔岩，只有找到這種塔岩，才能夠逃得出去，否則，他們一個晚上都會在這片塔林裏面打轉。

天色已經完全黑了下來，月亮還沒有升起，只看到面前的幾座塔岩，但是頂上都是平的。

「老師，那些人沒有跟上來！」周輝叫道。他和林卿雲同乘一匹馬，其他三個人則是人均一匹。

苗君儒叫道：「他們肯定是守在入口的地方，我們一定要找到那種頂頭是尖尖的岩石沙塔，否則，我們會困死在這裏面。」

他們騎著馬，在塔林內轉了半個小時，仍沒有找到那種塔。轉著轉著，又回到了原來的那個大坑邊上。

那些武士早已經離去了，坑邊上一個活人也沒有。夜晚黑暗中，隱約見到那兩個武士的屍體還躺在坑底，但是原來被槍打死的那三個武士的屍體卻被帶走了。他們是不會輕易丟棄自己同伴的屍體的，除非在迫不得已的情況下。

苗君儒終於看到了一座頂部尖尖的岩石沙塔，叫了一聲「走！」帶頭朝那邊衝了過去。

十幾分鐘後，他們離開了這片充斥著死亡的塔林。正如苗君儒所料的那

樣，剩下的那些武士在入口處一字排開，每個人手裏拿著彎刀，專門等他們出來。

苗君儒手裏的槍只剩下三發子彈，要對付這十一個人，談何容易？

他努力使自己冷靜下來，就在那頭目舉手要命令進攻的時候，他大聲叫道：「你們已經死了好幾個人，不要再流血了，我們只想快點離開，並不想死在這裏，我手裏的武器，可以輕易把你們全部殺死，但是我不願意那麼做！」

那個頭目的手舉在半空中，並不下落。

趁那人一遲疑，苗君儒一夾馬肚，胯下的馬已經衝了出去，其他幾個人緊跟在他的身後。

他們照著來的路猛奔，也不管後面有沒有人追趕。這種馬的速度確實很快，沒有多久便來到赤月峽谷的谷口。

他回頭看了一下，人一個都不少，想想剛才發生的事情，實在令人不敢相信。他連開三槍，就殺死三個人，為什麼進入魔鬼地域的那些人，手持武器卻沒有辦法殺死一個人呢？難道進入魔鬼地域的人，都會中了巫術？

月亮已經升起，谷口突然出現一道紅光，苗君儒胯下的馬受驚嘶叫起來，被他死死勒住。那馬在原地團團打轉，不斷發出嘶鳴。他身後的幾匹馬也是這樣，所幸大家早有防備，死死抓著轠繩，不讓馬逃開。

「不管出現什麼怪物，衝過去！」苗君儒叫道，使勁催動胯下的馬，可這馬就是不肯前行。

漸漸地，峽谷內紅光大盛，谷內的沙地上，好像流淌著一層紅色的水。但是那水並不流出谷口，只在谷內流淌。

苗君儒下了馬，他擔心林寶寶的力氣太小，控制不了馬，便把轠繩遞給旁邊的劉若其，獨自朝谷口走去。

他來到谷口，看清面前的景象，原來谷內的水並不是水，而是一層密密麻麻的紅色螞蟻，螞蟻的身上閃爍著螢光，爬來爬去，在月色的照耀下，就像流淌著的紅色的水。

峽谷內怎麼會出現如此多的螞蟻，為什麼不爬出谷口呢？這恐怕只有自然科學家及生物學家才能解釋了。

這些螞蟻肯定不是普通的螞蟻，否則的話，那些馬也不會這麼害怕。

「老師，他們追上來了！」周輝叫道。

在他們身後的荒漠中，出現了一長溜的火把，那些火把來的速度很快，用不了多久，就會追到這裏。

如果第二次被那些人抓到，他們絕對沒有生存的機會。

賭一把！

「我們必須衝過去！」苗君儒上馬後叫道，他對準馬屁股開了一槍，這馬受痛，箭一般奔了出去，瞬間衝入峽谷中。

苗君儒和林寶寶緊貼著馬背，他們的耳邊除了風聲外，還有一種很奇怪的聲音，像無數隻秋蟲在夜鳴，又像無數隻蝗蟲啃噬著樹葉。「沙沙沙，沙沙沙」，聲音似乎從人的每一個毛孔滲透進去，直達骨頭深處，聽得人極不舒服。

「老爸，我的頭很疼！」林寶寶叫道。

不單是林寶寶，每個人的頭都很疼。

苗君儒低聲道：「忍住！」他唯一要做的，就是不斷拚命夾馬肚。

馬一邊跑，一邊發出悲鳴。

馬鳴聲無形之間減低了那種怪音的力度。

終於看到前面的谷口了，苗君儒大喜，用力一夾馬肚，就在距離谷口還有幾十步遠的時候，突然覺得身體飛了起來。身在空中，他扭頭望去，見那匹馬已經摔倒在地，很快就被紅色的「水」淹沒。

他和林寶寶兩個人一前一後摔倒在谷口的地面上，還好沒有落在那些螞蟻堆中。

其他的幾匹馬也相繼衝進了峽谷，沒跑幾步便悲鳴著倒地，將馬上的人摔落。月色下，只見那幾匹馬的馬腿，都已經露出了白森森的骨頭。

原來峽谷內的那些紅色螞蟻是食肉蟻，是夜晚出來找食物的。

苗君儒的右腳傳來劇痛，他扯開褲腳，見腿上叮著幾隻螞蟻，忙把螞蟻拍死，但是腿上已經出現了幾個小血洞，從裏面不斷流出血來。他把褲腳撕開，將受傷的地方包紮起來。

其他幾個摔倒在地的人陸續爬起身，周輝叫道：「老師，您沒事吧？」

苗君儒站起身，回答道：「沒事！」

「不知道那個老傢伙還在不在那間屋子裏，我們去殺了他！」李道明說道。

苗君儒並不想殺那個老人，但是他有些問題想知道答案。

半個小時後，他們幾個人走進了那間屋子，屋子中間的火塘裏仍然燒著火，那個老人仍坐在火塘邊。

苗君儒走過去，說道：「我們沒有死！」

老人的頭也未抬，說道：「我已經知道了！」

苗君儒正要問老人是怎麼知道的，突然看到窗欞上站著一隻鷂鷹，明白老人和那些武士是通過這隻鷂鷹傳遞資訊的。

苗君儒說道：「為什麼他們昨天晚上經過赤月峽谷的時候，沒有那些螞蟻？」

「用血召喚出來的，」老人的呻吟低沉，彷彿來自地獄一般。

苗君儒突然想到在峽谷內那些被砍掉頭的人，那些人是在他們到達那地方之前就被殺的。血液留到地上後，一到晚上，那些食肉螞蟻，聞到血腥味就全出來了。

「你跟他說什麼，要麼殺掉，要麼把他帶走，到時候找他們的人換回我妹妹！」李道明說道。

苗君儒並不理會李道明的話，繼續對老人說道：「你為什麼要一個人留在這裏？」

老人說道：「這個問題你昨天晚上問過，真的想得到答案嗎？」

苗君儒說道：「是的！」

老人緩緩說道：「你會輕易離開你生活了一輩子的地方嗎？」

苗君儒說道：「恐怕不僅僅是這些吧？前面的山谷裏，有直通你先人陵墓的通道！」

過了一會兒，老人說道：「你們能夠逃回來，說明你們命不該絕，還是儘早逃命去吧！」

苗君儒說道：「昨天晚上那個進來的人，應該是來請示你，對抓到的俘虜怎麼處置，我說的沒有錯吧？」

老人說道：「是的，沒有我的同意，他們不會妄殺一個人！你是怎麼知道的？」

苗君儒說道：「他們定期給你送食物來，而你，卻可以通過那隻鷂鷹指揮他們！」

老人抬起頭，說道：「我早就看出來，你是一個不簡單的人，我命他們對你們實施蠱噬之刑，也是想試試你們到底有多少本事。不過很可惜，他們從另一條路趕過來，再有半個時辰就可以到這裏了，如果你們不想死的話，就趕快離開！」

苗君儒坐了下來，說道：「你現在在我的手裏，他們不敢亂來的！」

「你錯了！」老人說道：「拓跋索達現在巴不得我死，他好繼承我的位子，而且……」

老人沒有說下去，眼睛直直地望著苗君儒。

苗君儒拿出兩塊玉牌，說道：「你應該認得這兩塊玉牌，對吧？」

老人的眼中閃過一絲驚奇，問道：「這兩塊玉牌你是怎麼得到的？」

苗君儒說道：「一塊是在大唐術士袁天罡的墳墓中，另一塊在天極山頂的道觀裏！」

老人吃驚不小，說道：「我應該早就想到你們也是來尋找寶藏的！」

「不！」苗君儒說道：「我是來這尋找答案的！當年景宗皇帝派人去袁

天罡的墳墓中，是想取走那塊天宇石碑，但沒有想到誤中了裏面的機關，拓跋羥將軍當場死在那裏，所以留下了一塊隨身玉牌，他們的人只帶走半塊石碑。至於拓跋圭將軍的這塊玉牌為什麼會流落在道觀裏，我想你應該知道答案！」

老人歎了一聲，問道：「為什麼你非要知道答案呢？」

苗君儒說道：「這是我來這裏的目的之一。」

「好吧，我告訴你！」老人說道。

卻說拓跋羥手下的人把半塊天宇石碑帶回西夏後，景宗皇帝李元昊認為即使有人得到剩下的半塊天宇石碑，也沒有辦法找到王陵和寶藏。拓跋羥的父親拓跋圭，自恃功高，有時候竟不把李元昊放在眼裏。拓跋羥死後，儘管皇帝做了許多安撫，仍無法消除拓跋圭心中的憤怒，他認為皇帝是有意殺死他的兒子，於是暗中串通幾個大將軍想謀反。他知道皇帝特別器重道宣子那幫道士，便實施美人計，拉了一個道士下水，想在那個道士向皇帝進貢長生不老丹藥的時候，在丹藥裏下毒。

那天晚上，他派一個貼身的衛士，拿著他的信物——也就是那塊玉牌，和一些毒藥，到天極山頂的道觀裏。哪知道這件事被別的道士發覺後告發，皇帝派人前去道觀查找那塊玉牌，卻怎麼也找不到了，而拓跋圭知道事發，第二天便服毒自盡了。皇帝念在拓跋圭父子二人昔日有功勞的份上，此事不予追究，並將拓跋圭厚葬在先王的旁邊。

「事情原來是這樣，」苗君儒聽完後說道：「你還有一件事沒有說，那就是皇帝把那半塊天宇石碑藏在了拓跋圭的棺槨下面！」

老人大驚，站起身問道：「你們已經找到了那半塊天宇石碑？」

「是的！」苗君儒說道：「我還想知道，為什麼後來道觀被毀呢？是不是還有誰想知道那把天師神劍的下落？」

老人愣了片刻，說道：「是的，皇帝死後，太子寧林格派人到道觀裏，一來尋找那塊玉牌，想拿到玉牌後借此誅殺拓跋圭的族人，以擴展自己的勢力，二來尋找道宣子留下的天師神劍，據說此劍有非凡的力量，可以輕易取人首級於千里之外。」

苗君儒說道：「他派去的人殺了道人，燒了道觀，只拿到天師神劍，卻沒有找到玉牌，可是我不懂的是，為什麼要在懸崖上刻下那四個字呢？」

「哪四個字？」老人問。

「黃……一……羌……春。」苗君儒一字一句地說。

老人聽完後哈哈大笑一陣，激動地說道：「八百多年了，想不到最後一道機關的秘密在那裏。」

苗君儒問道：「什麼機關？」

老人說道：「是進入寶藏的最後一道機關。」

苗君儒反應過來：「我一直以為那是尋找天師神劍的線索，是當年太子寧林格派去的人留下的，原來是道宣子故意留在那裏的。」

老人在室內來回走了幾步，說道：「一直以來，我的祖上都想破解寶藏內的機關，拿出裏面的財寶，用來招兵買馬，以做復國之資，可就是無法破解最後一道機關。這復國大夢，做了八百多年，一直沒有實現！」

「魔鬼地域是怎麼回事？」苗君儒問道：「不是說只有在天師神劍的庇佑下，才能夠通過的嗎？」

老人說道：「那是心魔！」

外面傳來急促的馬蹄聲。

老人急忙說道：「快，你們快躲到裏面去，被他們發現就麻煩了！」苗君儒等人按老人所指，躲進了內屋。他們剛一進去，馬蹄聲就來到了屋外。

他聽到一個人從外面走進來，問道：「皇上，那幾個人有沒有經過這裏？」

那個人說話的語氣很無禮，完全不像是對皇上說話，應該就是老人所說的拓跋索達了。

「我沒有看見他們，」老人說道：「索達，帶著你的人走吧，不要來打擾我！」

「皇上，請你告訴我，那半塊天宇石碑藏在哪裏？」拓跋索達說道：「如果你告訴了我，我絕不會再來打擾你！」

「我不會告訴你的，」老人說道：「你死了這條心吧！大夏在八百年前就已經亡國了，就算你現在找到寶藏了，可憑你手下的那點人，也想復國嗎？」

拓跋索達哈哈大笑道：「有錢就有人，這個道理你不是不知道，都幾十年了，你為什麼不告訴我呢，是不是想把這個秘密帶進棺材裏？」

躲在裏面的苗君儒終於明白，老人在這裏的原因，除了被族人孤立了之外，就是要守住那半塊石碑和寶藏的秘密。難怪他剛才說出已經找到那半塊天宇石碑時，老人的表現那麼意外。

拓跋索達自立為王後，想發展自己的勢力，可惜他沒有錢。那半塊天宇石碑和寶藏的秘密，只有繼承了皇位的人才知道，外人是無法得知的。

令苗君儒不解的是，就算老人說出了這半塊天宇石碑的下落，可是還有另外的半塊呀！

「你走吧！」老人說道：「要是能夠復國的話，也用不著等八百多年了！」

苗君儒聽到了拓跋索達出門的聲音，沒多久，馬蹄聲漸漸遠去。他走出內屋，問道：「你為什麼要救我們？」

老人說道：「我想求你一件事！」

苗君儒說道：「說吧，只要我能夠辦到的！」

老人的眼睛望著屋子對面的山谷，說道：「拓跋索達不會善罷甘休的，你千萬不要讓兩塊天宇石碑在那裏重合，否則，驚動了裏面的亡靈，沒有人能夠活著離開！那是天咒，明白嗎？」

苗君儒的臉色凝重起來，這個任務太艱巨了。這塊天宇石碑已經被他們找到，李道明回去後會馬上帶人來取，而另外的半塊，在張厚歧那幫人手裏。照老人這麼說的話，拓跋索達一定已經解決掉了張厚歧那幫人，得到了那半塊天宇石碑，所以才來向老人逼問剩下的半塊。

他正要說話，突然從外面衝進來一個人。

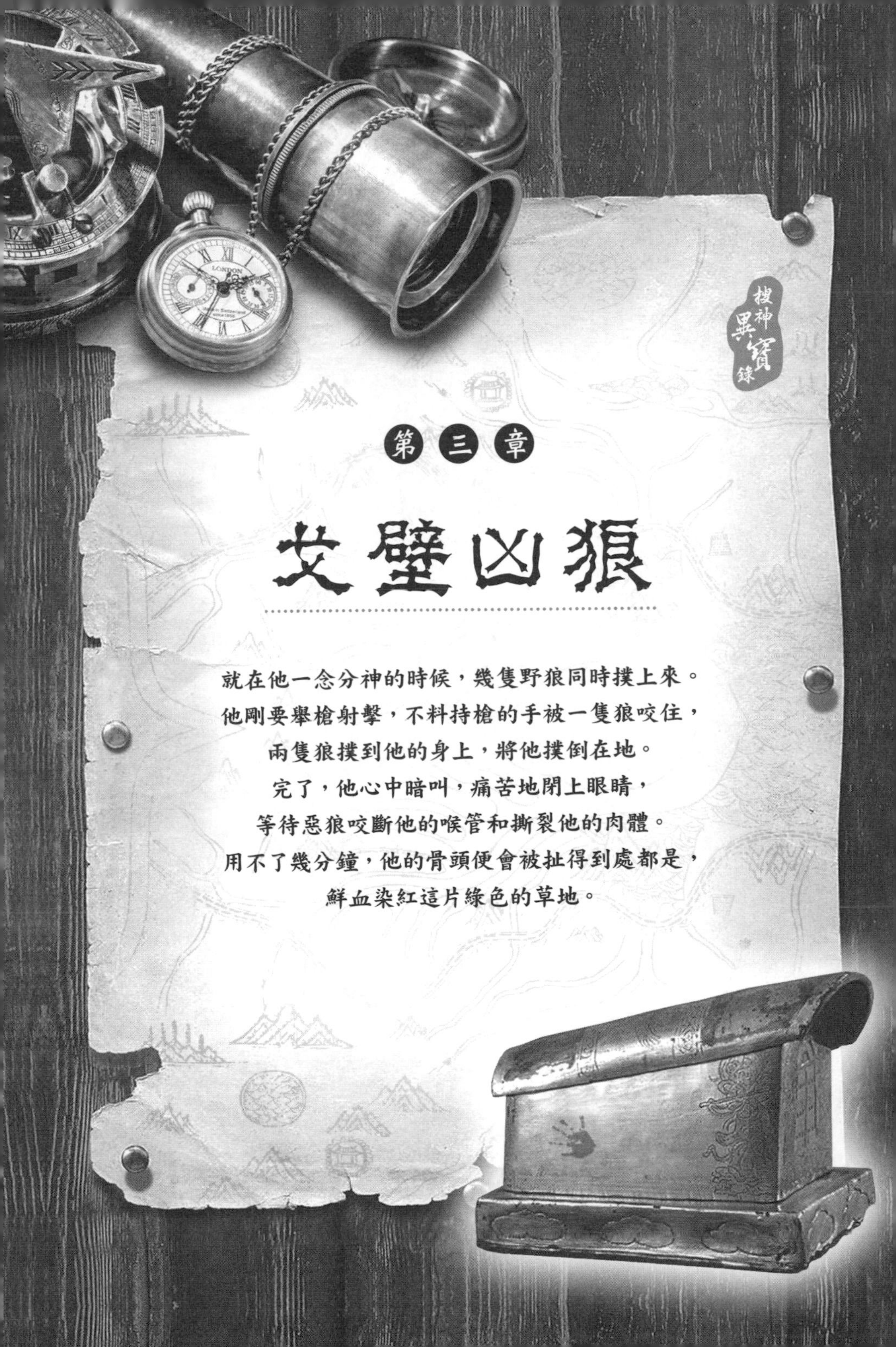

第三章

戈壁凶狼

就在他一念分神的時候，幾隻野狼同時撲上來。
他剛要舉槍射擊，不料持槍的手被一隻狼咬住，
兩隻狼撲到他的身上，將他撲倒在地。
完了，他心中暗叫，痛苦地閉上眼睛，
等待惡狼咬斷他的喉管和撕裂他的肉體。
用不了幾分鐘，他的骨頭便會被扯得到處都是，
鮮血染紅這片綠色的草地。

衝進來的是一個武士，那個武士進門後，雙膝跪倒在老人的面前，磕了三個響頭，說道：「皇上，快點離開這裏，大王已經得到了那半塊石碑！」

老人坦然道：「我已經知道了！」

那個武士望著苗君儒等人，問道：「皇上，他們怎麼會在你這裏？大王正四處找他們。大王派人找到了拓跋圭將軍的墳墓，可是墳墓裏已經被人盜了，裏面沒有另外的半塊石碑，大王懷疑他們幾個把石碑取走了！」

苗君儒說道：「是的，我們把石碑放在了另外一個隱秘的地方！」

老人說道：「阿蒙力，你快點帶他們幾個離開這裏！」

阿蒙力叫道：「皇上，您呢？」

老人說道：「如果沒有找到那半塊石碑，索達不敢對我怎麼樣的。我現在的性命，已經和他們幾個人聯繫在一起了！」

阿蒙力哭道：「皇上，阿蒙力明白，阿蒙力一定會誓死保護他們幾個人的安全。」

老人對苗君儒說道：「雖然拓跋索達自立為王，但是還有不少擁護我的人！」

他從脖子上取下一塊玉牌，交給苗君儒，接著說道：「這塊玉牌是我的隨身之物，情勢緊急的時候拿出來，也許能暫時保你們的平安！」

苗君儒接過玉牌，見這塊玉牌比他身上的兩塊要大許多，玉質是上等的羊脂玉，入手溫軟，玉牌的四周，包裹著一層黃金，正面是一尊佛祖的坐像，背面刻著幾個字：大夏仁德皇帝。

原來大夏亡國後，這支皇室後裔遺留在這裏，一年復一年的，仍延續著大夏的國祚。

「你們快走吧！」老人說道：「桌子上的那些食物，能帶多少帶多少！」

阿蒙力起身，用流利的漢話說道：「快跟我走吧！」

苗君儒他們拿了一些桌子上的食物和水，出了屋子，在阿蒙力的帶領下，離開了村子，朝北面而去。

李道明走在苗君儒的身邊，問道：「你和他們嘰哩咕嚕的說了大半天，都在說些什麼？」

苗君儒說道：「你還是不要知道的好，這個地方，你最好不要來了！」

「為什麼？」李道明問道：「難道那半塊天宇石碑我就不要了嗎？」

苗君儒說道：「就算你得到那半塊天宇石碑又能怎麼樣，你能夠打開寶藏嗎？」

李道明說道：「大不了我和張厚歧他們合作，只要兩塊石碑合二為一，就可以找到寶藏的入口了。」

「難道你沒有看到那幾個遭受蟲噬之刑的士兵嗎？」苗君儒說道：「張厚歧他們手上的那半塊石碑，已經到了拓跋索達的手裏，拓跋索達的人正四處找我們。」

李道明問道：「那個老頭子為什麼要把他的玉牌給你，是不是玉牌上隱藏著和寶藏有關的秘密？」

苗君儒說道：「到時候你就知道了！」

他們走上一道荒坡，見前面不遠處有火把晃動。阿蒙力低聲說道：「是大王的人，我們千萬不能讓他們發現，跟我來！」

大家跟著阿蒙力，借著夜色和荒坡上低矮灌木的掩護，躬身悄悄朝荒坡的另一邊走下去，下到坡底，沿著一道淺溝向北繼續前行。

林寶寶低聲叫起來：「老爸，我的鞋子掉了！」

苗君儒趕緊捂著林寶寶的嘴，低聲道：「掉就掉了，不要說話，我來背你！」

他背起林寶寶，走在隊伍的最後面。

空氣中的味道越來越鹹，夾雜著一股令人噁心的腥味。月亮已經升起，前面是一望無際的鹽沼地，沒有路了。如果冒然闖進去，絕無法活著走出來。鹽沼地裏到處是動物腐爛的屍體，林卿雲實在受不了這股腐臭的腥味，大口大口地吐出來，但是她的胃裏，除了黃水之外，什麼也沒有。

「我們還要往前走嗎？」苗君儒問道。

阿蒙力說道：「不用，只要沿著鹽沼地的邊緣往東走就可以了！我要回去保護皇上，你們走吧，記著千萬不要讓大王的人找到你們。」

說完後，阿蒙力往回走去，不一會兒便消失在夜色中。

苗君儒他們幾個人沿著鹽沼地的邊緣往東走，天亮的時候，疲憊不堪的他看到前面出現幾個人影，剛想發出聲音，突然覺得眼前一黑，身體向地上栽去。

苗君儒睜開眼睛，映入眼簾的是一張熟悉的面孔。

周輝欣喜地叫道：「老師，您終於醒了！」

「這是在哪裏？」苗君儒問，他發覺自己正躺在床上，身邊站著幾個人，其中一人竟然是蔡金林。

「在安西，」蔡金林笑道：「苗教授，你辛苦了！」

苗君儒在人群中沒有看到李道明，忙問：「李道明呢？他是不是帶人去拿那半塊石碑了。」

蔡金林笑道：「讓他去吧，把石碑拿出來也好，這麼多人都想得到寶藏，一場血肉紛爭是在所難免的，遲來早來都是要來的，你說是吧？」

苗君儒起了身，他主要是太累，休息一下就沒事了。他問林卿雲：「你父親呢？」

林卿雲回答道：「不知道，自從跟他分開後，就沒有再見到他了。」

蔡金林說道：「上次那一陣大風把我們的人都刮散了，我帶了幾個人回到鎮上，但等了兩天，也沒有再見到什麼人，打聽到阿卡杜拉和張厚岐的人帶著那半塊天宇石碑往魔鬼地域那邊去了，沒有天師神劍相助，不知道他們怎麼能夠穿過魔鬼地域。今天一早我帶人去鹽沼地那邊，不巧看到了你們。」

苗君儒微微皺眉，蔡金林在鎮上停留了兩天，到底做了什麼？為什麼今天一大早去鹽沼地那邊，恰巧碰到了他們。這世間的事情雖說有巧合的時候，但是也太巧了吧？

李道明手下的人已經損失得一個不剩，那他帶去取石碑的人，肯定是蔡金林的人。蔡金林這麼做，肯定有自己的如意算盤。

除了還沒有露面的林福平外，現在這裏勢力最強的人，就算蔡金林了。

苗君儒想了一下，問道：「現在離六月廿二日還有幾天？」

蔡金林微笑道：「還有三天，時間應該來得及。聽李老闆說，你們曾經兩次經過赤月峽谷，那樣的話，我們可以照著你們來的路，直接穿過赤月峽谷，到達那處荒漠，就不用經過魔鬼地域了，反正現在天師神劍還沒有找到。」

苗君儒問道：「既然這樣的話，為什麼你不和他一起去取天宇石碑，直接從那邊穿過去呢？」

蔡金林乾笑了一下：「我在等人！」

苗君儒問：「等誰？」

「等你！」蔡金林笑道：「必須等你的身體復原才行，要想打開寶藏，沒有你可不行。等他們把天宇石碑拿到手，你的身體也恢復得差不多了，我們正好出發。」

苗君儒本來不想再回去，但是想到那老人的囑託，他必須想盡辦法不讓兩塊石碑在那裏重合。如果把這塊石碑毀掉的話，那麼兩塊石碑永遠都沒有重合的機會了。

苗君儒問：「難道你就不怕別人在半路上把那半塊石碑搶了去？」

蔡金林冷笑道：「你認為誰會搶？是至今都沒有露面的林老闆嗎？」

苗君儒不想再說了，他知道蔡金林也是一條老狐狸，很多問題早就考慮到了。令他奇怪的是，為什麼林福平到現在還不露面，難道還在等待最佳的時候出手嗎？

沒有過多久，一個勁裝男人進門了，那人看了一眼大家，走到蔡金林面前，低聲在他耳邊說了幾句話，他聽了之後，臉色微微一變。

那人出去後，蔡金林說道：「我原來還想繞過去，可是有人要當大孝子，沒有辦法，只得由著他去。」

苗君儒清楚蔡金林說的人是李道明，李子衡那幫人死在哪裏，只有趙二知道，李道明一定是想找回父親的遺骨，所以決定走那條路。

蔡金林為什麼要順著李道明的意思？除非那半塊天宇石碑在李道明的手裏。可是李道明只有一個人，蔡金林手下的人就是強搶，也可以把石碑搶到手的。

苗君儒有些想不明白了。

「走吧，苗教授！」蔡金林說道。

苗君儒收拾好背包，跟著大家離開房間，見是他原來住過的那家客棧。客棧裏除了一個招呼客人的跑堂回回外，並沒有其他的人。

也許蔡金林說的不錯，客棧老闆阿卡杜拉帶著手下的人，和張厚岐一同去了。

出了客棧來到街上，見十幾個人遠遠地騎在馬上。除了李道明和趙二外，還有十幾個人，其中有兩個人還蒙著臉。那些人並不是蔡金林的手下，他們是怎麼來的，為什麼會和李道明一起？

他望著那兩個蒙著臉的人，心中想到：莫非其中的一個是林福平，那麼另一個又是誰呢？

看來，妄想得到寶藏的人還真不少。

李道明的馬背上，放著一件用黑布包著的東西，應該就是那半塊天宇石碑了。他催馬上前幾步，大聲道：「蔡老闆，你的人也太不講義氣了，拿到石碑後就想朝我下手，還好我早有防備！」

「你想怎麼樣？」蔡金林問。他手下還有七八個人，就算動起手來，對方也討不了好。

李道明說道：「那半塊石碑已經到了別人手裏，剩下的半塊在我這裏，蔡老闆，你憑什麼想得到寶藏？」

蔡金林哈哈大笑道：「現在還不是說這種話的時候，李老闆，如果我沒有猜錯的話，你旁邊的那兩個人，其中一個就是你的叔叔李子新，我說的沒有錯吧？」

「正是老夫！」一個人扯下了面具，不是李子新還有誰呢？

「至於另外一個，我想應該是林老闆了，」蔡金林說道：「林老闆，你的女兒和兒子都在我的手裏，我隨時都可以殺了他們。」

「你儘管殺好了，」李子新說道。

苗君儒望著那個蒙著臉的人，身材和林福平不太象。既然不是林福平，為什麼要蒙著臉呢？

李道明說道：「蔡老闆，我叫趙二在前面帶路，你的人跟著他，我們跟著你們，找到寶藏後，分你一成，怎麼樣？」

趙二已經催馬過來了，走到大家的面前，說道：「請跟我走吧。」

蔡金林也不是省油的燈，吩咐兩個人看住林卿雲姐弟倆。大家一齊上馬，跟著趙二向鎮外走去。

出鎮後走不了多遠，苗君儒聽到空中傳來一聲鷹嚎，抬頭一看，見一隻鵪鷹從頭頂飛過，往前面去了。在荒漠裏，空中經常飛著鵪鷹，並沒有特別之處。他望著那隻漸漸消失的鵪鷹，似乎想到了什麼。

他見過的大夏仁德皇帝，手裏也有一隻這樣的鵪鷹。生活在荒漠裏的回民，很多人訓練鷂鷹，用來傳遞資訊。

這隻鷂鷹是鎮上飛出的，往前的路線和他們所走的路線一樣。是什麼人向前面的人傳遞資訊呢？

他想到了客棧內的那個跑堂回回，可是除了那個人之外，鎮上任何一個見過他們的人，都可以向前面傳遞資訊。

仁德皇帝已經告訴過他，過魔鬼地域並不需要天師神劍，而在於心魔。趙二說過，一年前他們朝那些衝上來的人開槍，可就是打不死。同樣的武士，他就曾經打死過三個，可是為什麼在那種地方就打不死呢？

究竟是什麼原因？

要怎麼樣才能克服心魔？

他催馬上前，來到趙二的身邊，低聲問道：「在袁天罡墳墓中的時候，你就叫我逃走，可是你為什麼不逃走呢？」

趙二說道：「我老婆和孩子都在李老闆的手裏，沒有辦法！」

原來是這樣，苗君儒想了想，說道：「一年前，你們住在那家客棧裏等李子衡的弟弟李子新，突然有一大，李子衡催著你們趕路，並不顧一切地進入魔鬼地域，我說的沒有錯吧？」

趙二驚異地望著苗君儒，說道：「是呀！你是怎麼知道的？當時是半夜，我們都在屋子裏睡覺，是被李老闆趕著出門的，離開那家客棧的時候，有很多東西都沒來得及帶呢！一路上，他還催著我們快點走。我們走了整整一夜，第二天上午在一個叫淵泉子的地方加了水和食物，再往西北走一天，經過一個乾涸的湖泊，下午的時候就碰上那些人了。淵泉子那裏有一座佛塔，很遠就能夠看得見。」

苗君儒略有所思地點頭，李子衡不在客棧裏等弟弟，突然不顧一切地要帶人闖入魔鬼地域，肯定是有原因的。那究竟是什麼原因致使李子衡那麼做呢？

他問道：「你們遇上那幫武士的時間是什麼時候？」

「是午後，」趙二問道：「苗教授，你問這個做什麼？」

苗君儒說道：「我們明天還會遇上他們！」

趙二說道：「我覺得很奇怪，為什麼你可以開槍打死他們，而一年前我們無論怎麼開槍，都打不死他們！」

苗君儒說道：「我也在想，為什麼在那種地方就打不死他們！」

趙二面露懼色，說道：「那裏是魔鬼地域呀！」

「魔……鬼……地……域！」苗君儒低頭思索著這四個字。

照這樣的速度，一個小時可以走二十多里地，一年前李子衡他們從安西出發後，走了大半夜外加一個上午才進入魔鬼地域，也就是說，魔鬼地域距離安西，也就是兩百多里地。

黃昏的時候，應該可以到達淵泉子，在那裏住上一宿，明天中午時分可以進入魔鬼地域了。

他回頭望了一眼，見李子新那幫人，遠遠地跟在後面。往前看，是一望無際的戈壁荒漠。烈日下，地表騰起一層炙人的熱浪，溫度超過五十度，人若赤腳站在沙地上，會立馬灼傷。

這樣惡毒的天氣，就是生活在這種地方的回民，也不會輕易出來的。

整個戈壁，就只有他們這幫人，緩慢地在行走。還好他們所騎的馬，都是本地馬，耐熱。

苗君儒望著遠處陣陣騰起的熱浪，熱浪一波接著一波，使遠處的景色變得虛無飄渺起來，生長在地上的刺荊，高度不過五十公分，可是看上去比人還要高得多。

不時看到一些被沙土埋住的動物骸骨，有馬也有駱駝，偶爾還有人的。

他突然聽到幾聲鷹鳴，抬頭望去，見白晃晃的空中，幾隻禿鷲在盤旋。禿鷲是吃腐肉的，空中有禿鷲，地上肯定就有死去的人或者動物。

「走，我們去那邊看看！」苗君儒叫道，催馬朝那邊跑去。周輝和劉若其緊緊地跟上。

「苗教授，我們走的不是那邊，」趙二大叫著，但是苗君儒已經衝上了一道土坡，朝那邊去了。

蔡金林追到趙二身邊，問道：「他們幹什麼去？」

趙二說道：「那邊可能有死人，他們只是過去看一看，很快會回來的。」

蔡金林說道：「如果他們出了什麼事，我第一個殺掉你！」

趙二不以為然地說道：「要是你不放心的話，可以跟去呀！」

地上有十幾隻禿鷲在那裏撲騰，搶著吃那幾具屍體上的肉。而那幾具屍體身上，除了破爛的衣服外，就只剩下骨架上的那一點碎肉，其他的都已經被吃光。

那些禿鷲見有人過來，卻並不飛走，仍在那裏相互撕扯著。

血淋淋的骨架，空洞的眼眶，白森森的牙齒，令人看了極其噁心，周輝和劉若其不約而同地驚叫了一聲，兩人大口大口地吐出來。

苗君儒騎馬衝了過去，衝到那些屍骨的面前時，禿鷲才撲騰著飛開，但是並不飛遠，站在不遠處的沙地上看著。待這些人離開後，牠們仍要上前撕扯的，不把骨頭上的最後一點肉吃完，牠們不會甘休。

從屍骨身上破爛的衣服，苗君儒認出這幾個人，是他在客棧內見過的回回。不是說客棧老闆阿卡杜拉帶著手下的那些回回，和張厚岐一同去了嗎？為什麼這幾個人會死在這裏呢？

地上除了回回的屍體，並沒有馬匹的屍體，也就是說，這幾個回回所騎的馬，被殺他們的人牽走了。

是什麼人殺了他們呢？

他下了馬，在幾具屍骨的旁邊走了一遭，從屍骨中拿出幾支手槍，還有兩根子彈帶。子彈帶上還有不少子彈，他檢查了一下手槍，見每一支手槍的彈匣都空了。屍骨頭部所朝的方向，正是安西。這幾個回回也許是被人追殺，在射光了槍裏的子彈後，來不及換彈匣，就已經遭了毒手。

「老師，你看那邊，沙暴要來了！」周輝指著前面說道。

苗君儒抬頭望去，見戈壁與天空交接的地方，出現一條黃色雲帶，向這邊滾滾而來，那是沙暴！他快速上了馬，叫道：「快走！」

三個人催馬向來時的路衝去，苗君儒不時望向後面，見沙暴的來勢很快，估計他們三個人還沒有跑到那些人的身邊，沙暴就已經到了。

果然，還沒有等他們三個人跑到，沙暴就已經到了。漫天的黃塵席捲著豆大的沙子，使太陽都變得暗淡無光。

這次的沙暴，比他們上一次遇到的還要猛烈得多。

「快找地方躲起來！」苗君儒大聲叫道，但是他的聲音被風刮亂了，連他自己都聽不清。他的眼睛無法睜開，看不到跑在他前面的兩個學生。

不能再往前走，否則會有生命危險，必須就地找地方躲避。他當機立斷滾落馬，扯著馬韁伏在地上，雙手在沙地上刨了一個淺坑，抱著頭伏到坑裏，臉對著沙地，形成一個可以呼吸的小空間。那馬也通人性，在他身邊躺了下來。

剛開始的時候，不覺得怎麼樣，只有沙粒被風刮著打在身上，一陣陣的疼痛。漸漸地，他感覺呼吸困難起來，覺得身上越來越重，知道一定是被沙土埋住了，忙將身體往上拱了拱。

他不敢把頭抬起來，遇到沙暴時，最好的保命方法，就是不要讓自己的頭部曝露在沙暴中，那樣的話，鼻子和耳朵裏會被吹入大量的沙塵，導致窒息而死。

他擔心他的那兩個學生，他們都是第一次到這種地方，雖說在課堂上教了不少野外生存的方法，可是在實際情況到來之時，有不少人還是驚慌失措，最終誤了自己的性命。

身上的重量減輕了，但是呼吸卻越來越困難，他的意識漸漸模糊起來。

什麼味道腥腥的，還濕漉漉的？

難道剛才下過雨了？

戈壁灘上是很少下雨的，即使有雨下下來，也會很快蒸發掉。

一條軟軟的東西，帶著溫度從他的臉上滑過，他又聞到了那股噁心的味道。猛地睜開眼，看到兩個黑黑的洞和一條灰色的東西。他嚇了一跳，下意識地朝旁邊滾去。

動了一下之後，才知道自己的大半個身子被沙子埋住，也看清原來那兩個黑黑的洞竟是馬的鼻子，剛才是馬在舔他的臉，由於距離太近，使他嚇了一跳。

見他醒過來，那馬用蹄子刨了幾下沙土，仰頭向天發出一聲長嘶。

他從沙土裏爬出來，發覺手中還抓著馬韁。拍掉身上的沙土後，他走到馬的身邊，用手輕輕撫摸著馬頰。

沙暴過去之後，是馬將他的上半身從沙土裏拖出來的。要不是這匹馬，也許他已經長眠不醒了。

他上了馬，辨認了一下方向，催馬向前衝去。當他來到原先離隊的地方時，已經看不到一個人了。

他從馬背上取下水袋，喝了一些水。他看了看手錶，從離開到現在，已經過去了兩個多小時，還好趙二告訴了他那個叫淵泉子的地方。只要找到淵泉子，就可以和他們會合了。

沙暴過後，天空一碧如洗，太陽仍那麼毒辣，耀眼的藍色，看得人頭暈。

「駕！」他一夾馬肚，朝正西方向而去。

茫茫的荒漠中，只有他一人一騎在黃沙中行走，馬蹄走過，沙地上留下一長溜痕跡。

淵泉子，這個在地圖上無法找到的地方，在漢唐兩代的絲綢之路上，起著至關重要的作用。從瓜洲（安西）到玉門關，這幾百里的荒漠中，就只有這一處淡水井。

隨著歷史的變遷，很少有客商走這條路，淵泉子逐漸失去了原有的作用。黃沙之中，有幾堵殘留的大石牆和一座千瘡百孔的佛塔，還顯示著往日的輝煌。如今，只剩下一間並不大的夯土屋了。

屋子裏住著兩個回回，為偶爾路過的客人提供水和食物。

苗君儒喝了一些水，吃了一些乾糧，一路上急趕慢趕，原想在天黑之前趕到淵泉子，和他們會合，現在天色已經完全黑下來了，還沒有見到淵泉子的標誌——佛塔。

難道方向走錯了？

他從工具包中拿出指北針，擦燃了一根火柴，看了看上面的指針，沒有錯呀！

一個人晚上在荒漠裏，最怕的就是遇到狼群。他從子彈帶中取出子彈，給槍上好子彈，並把另外兩個彈匣裏裝滿子彈；有這些子彈，就算遇到狼群，也可以抵擋一陣。

傳來幾聲狼嚎，他的心一下子緊縮起來，拚命催動著胯下的馬。這馬已經走了一天，人累馬更累，任憑他怎樣在馬身上拍打，馬只是低著頭，邁著蹄子，一步一步地往前走著。

這樣下去不行，人和馬都會死在這裏。他從後面摸出一個水袋，下了馬，將袋口打開，餵到馬嘴裏。

馬喝了水，有了幾分精神，走路也快了起來。爬上一道土坡後，他看到前面有星星點點的亮光，有光就有人，他大喜過望，忙催馬朝那邊奔去。

漸漸地，他覺得大事不妙，他所看到的亮光不是火光，而是狼的眼睛。狼的眼睛在夜色中是綠螢螢的，遠遠望去，有些像亮光。

狼群低嚎著，向他衝了過來。他心中大驚，忙拔出手槍，一連幾槍，將衝在最前面的幾隻狼打翻在地。趁著狼群的衝勢一緩，轉過馬頭，慌不擇路地朝另一個方向跑去。

狼群被槍聲暫時震住了一下，但是很快便追了上來。

若在平時，人騎在馬上，輕而易舉就可以擺脫狼群的尾追，可是眼下，人和馬都已經疲憊不堪，也許用不了多久，他和這匹馬，都將成為狼群的食物。

馬的速度越來越慢，到最後根本跑不動了，狼群迅速圍了上來。這些狼很狡猾，知道他的手裏有厲害的武器，所以不會輕易上前送死，在離他幾十米的地方團團轉著，尋找他的破綻。

「砰砰！」他連開兩槍，又打翻了兩隻，狼群向後退了一些。

他不敢輕易開槍，再說，距離那麼遠，黑暗中根本看不清。子彈射出去，也不見得能擊中目標。

這匹馬休息了一會兒，慢慢地開始朝前走，狼群也一步步地逼上來。

他乾脆下了馬，一手拉著韁繩，一手持槍，警惕地看著黑暗中那些星星點點。他不管馬能夠把他帶到哪裏去，只希望這匹馬能夠熬到明天天亮。

現在，他和馬的生命已經連繫在一起了，馬狼群等待的就是他們都精疲力竭的時候。

一個多小時後，這匹馬「噗通」一聲倒下，再也起不來了。

他丟開韁繩，打開最後的一袋水，灌到馬嘴裏。見狼群向前面逼進了些，忙又開了兩槍。子彈沒有射中狼，好歹令狼群退後了些。但是這樣也不是辦法呀！

一匣子彈已經打光，他換了另一副彈匣。就在他換彈匣的時候，見幾隻狼從三個方向，以一種極快的速度撲過來。

原來這些畜生是想趁他精神鬆懈的時候，從三個方向同時發起進攻。

「砰砰砰！」他朝狼群撲過來的三個方向各開一槍，但是沒有用，根本

阻擋不了狼群的攻勢。

幾隻狼飛身而起，朝他撲了上來，他幾乎看到了那一排排尖利的獠牙，聞到了一股熏人的腥臭味。

他朝旁邊一閃，堪堪避過那幾隻狼的攻擊，右衣袖被一隻狼扯掉一大塊，還好沒有傷及骨肉。他連番射擊，把衝到面前的幾隻狼擊倒。

那馬奮力起身，一腿將一隻從後面向苗君儒撲上來的狼踢飛。另一隻狼見有機可乘，張開血盆大口，斜裏衝上來，雙腳搭在馬身上，朝馬的脖子狠狠咬了下去。

「砰！」苗君儒抬手一槍，將那隻狼擊斃。他迅速退到馬的身邊，人馬合一，相互掩護著朝後面退去。

奇怪的是，那些狼只從三面包圍，卻有意留出北面的方向。第一輪攻擊討不著好後，很快退開去，遠遠地守著，並不時發出嚎叫。

那些狼似乎在將他和馬逼入絕境，他和馬退一步，狼群便逼上前一步。

蔡金林他們如果就在這附近的話，聽到槍聲後一定會帶人趕過來的，可是他和狼群已經相峙了這麼長時間，並未見一個人趕過來。

求救無門，唯有自救。可是眼下，除了槍裏還有些子彈外，他靠什麼來對付這些惡狼呢？馬背上的行李中，只有一些食物和工具，連一支火把都沒有。

要是能有一個山洞就好了，人和馬躲進山洞裏，用槍控制住洞口，也許還能堅持一個晚上。他朝後面看了看，見後面的地面都是平的，連一道土坡都沒有，更別說山洞了。

他突然覺得很奇怪，為什麼後面的地面一眼望過去都是平的呢？雖說是夜晚，看得不是很遠，但是天上有月亮，可視距離也有好幾百米。在戈壁上，到處都是一座連著一座連綿不絕的沙土坡，絕不可能是平地，即使是平的地方，範圍也不大。

更奇怪的是，那匹馬低著頭，貪婪地吃著草。

他一看腳下，居然是軟綿綿的草地。

有草的地方就有水，連空氣都彷彿濕潤起來。難道後面平平的地方，是湖水？

他看過地圖，這一帶區域，除了淵泉子一處淡水外，並沒有別的淡水。

而鹽沼地是在正北方向，距離這裏有幾百里。

他想起了在赤月峽谷中看到的海市蜃樓，李道明的妹妹就在那湖邊停留過。而他們被那些武士押出去後，看到李道明的妹妹是從南面過來的，也就是說，這一帶的荒漠中，確實有一個湖泊，只是外人不知道。

難道他這麼被狼一追，居然逃入了湖泊的邊沿？從湖泊到赤月峽谷的谷口，並沒有多遠，某非這裏是一條捷徑？這樣的話，為什麼那些尋找寶藏的人要繞一個大圈，經過魔鬼地域，才能到達赤月峽谷呢？

難道那張藏寶地圖有問題？

就在他一念分神的時候，幾隻野狼同時撲上來。他剛要舉槍射擊，不料持槍的手被一隻狼咬住，兩隻狼撲到他的身上，將他撲倒在地。

完了，他心中暗叫，痛苦地閉上眼睛，等待惡狼咬斷他的喉管和撕裂他的肉體。用不了幾分鐘，他的骨頭便會被扯得到處都是，鮮血染紅這片綠色的草地。

他的手指下意識地勾動了扳機，耳邊聽到一聲槍響，於此同時，他聽到一陣巨大的「嗡嗡」聲，彷佛有飛機從空中飛過。

第四章

傳說中的魔鬼地域

沿著湖邊往東走，就能到達赤月峽谷的谷口；
往西走，能夠遇上蔡金林他們，或者闖入魔鬼地域。
傳說中的魔鬼地域，他倒想見識一下，
為什麼在那種地方開槍打不死人。他選擇了往西。
他很希望能夠遇上一些人，哪怕是那些西夏武士也好。

苗君儒感覺那幾隻已經撲到他身上的狼迅速離開，並發出幾聲慘嚎。他聽到狼群逃離的聲音，很想睜開眼睛，起身看一看。可不知道為什麼，眼皮很沉重，渾身軟綿綿的，一點力氣也沒有。

他昏昏沉沉地睡了過去。

也不知道過了多久，他醒了過來，見天色已經大亮。他一骨碌爬起身，見除了持槍的手被咬傷外，身上並沒有別的傷痕。

那匹馬倒在離他不遠處的草地上，他來到馬的面前，見馬身上並沒有傷痕，但是這匹馬看上去好像瘦了一大圈，馬皮上有無數紅色的斑點，不知道是怎麼死的。

他從馬背上取下行李，在他的身後，是波光粼粼的水面，湖面有十幾個平方公里大小，湖水清澈透底，他拿著一個空了的水袋，想要走到湖水中去打水，剛走幾步，就看到一隻死在湖邊的沙狸。這隻沙狸就倒在水邊，好像剛死沒有多久，皮毛的顏色還很新鮮。

他猛地一愣，難道這湖水有毒？

回頭看了一下馬屍，也許昨天晚上這馬吃了草後，喝了湖水，才中毒死的。

無論是人還是動物，在中毒死後，不同程度都會出現口鼻留血的現象，可是沙狸和馬，都沒有中毒死後的特徵。

他看著近在咫尺的湖水，清亮清亮的，一眼就看到湖底的沙石。奇怪的是，湖底居然沒有一根水草，但是湖邊草地上的草，卻長得非常茂盛，泛著正常的青綠色。

離岸邊不遠的水面上，有一大團黑色的東西，也不知道是什麼，他不敢再往前走了，回到死馬的身邊，從行李中拿出一些乾糧，就著水袋中那一點剩餘的水，吃了一些。

坐了一下之後，他收拾好行李，撿了一些必要的東西帶上，其他的都丟掉，盡可能減少身體的負荷。

他本來想往回走，那樣也許能夠走到昨晚遇到狼群的地方，可是他現在連一滴水也沒有了，一個人徒步在荒漠裏走，熬不了多久便會脫水而死。就算他到達那裏，也追不上那些人了。

有水的地方，氣溫不會太高，而且腳下是綠色的草地，比走在荒漠中強多了。

如果他在赤月峽谷中看到的湖泊，就是眼前這個湖泊的話，只要沿著湖邊往東走，就能到達赤月峽谷的谷口。

而往西走，也許能夠遇上蔡金林他們，或者闖入魔鬼地域。

傳說中的魔鬼地域，他倒想見識一下，為什麼在那種地方開槍打不死人。他選擇了往西。

他很希望能夠遇上一些人，哪怕是那些西夏武士也好。

他在烈日下沿著湖邊往西行，走出幾里地後，腳下的草地漸漸稀疏起來。湖水仍然那麼清澈誘人，雖然他很渴，但是不敢喝，伸手抓了幾把草，放在嘴裏咀嚼。草汁麻麻的，很苦澀，嘴裏好歹有了一點水分，倒不覺得那麼渴了。

越往西走，湖邊的草越稀疏，到後來竟沒有了，全是乾硬的沙土和大大小小的石頭，不時還看到動物的骨頭。

湖面上的那團黑影越來越大，似乎超出了水面。他耳中聽到一陣類似飛機的「嗡嗡」聲，正是他昨天晚上聽到的那種。

見湖面上升起一大塊黑黑的雲霧，越來越高，並左右移動著，面積越來越龐大，幾乎遮掩了半個天空。漸漸地，黑雲朝他這邊移了過來。

他看清那一大團遮天蔽日的黑雲，竟然是一隻隻如同指頭般大小的蚊子，臉色頓時嚇白了。這是一種變異的沼澤毒蚊，任何闖入牠們地盤的人或動物，都無法逃生，那隻沙狸就是很好的例子。昨天晚上那群狼，也是被這種沼澤毒蚊嚇跑的。就在他昏睡過去的時候，正在吃草的馬也受到了毒蚊，被吸光了血。

難怪馬的身上會有無數紅色的斑點，可是這些毒蚊為什麼只攻擊馬，而卻放過了他呢？

轉眼間，那些毒蚊已經飛到了他的頭頂，他連忙用手抱著頭，蹲下身子。如果毒蚊要攻擊他的話，無論他怎麼做都無濟於事，除非跳到水裏，或者挖個地洞把自己埋起來。

毒蚊經過他身邊的時候，主動空出一個空間，好像害怕他似的。有幾隻蚊子不要命地朝他衝過來，剛一觸到他的衣服，就落到地上了。

怪事，難道他身上有什麼克蚊的藥物嗎？

一定是那包佛門檀香。

他扯開衣服，見那包妙安法師送給他的佛門檀香，早已經被汗水浸濕了，緊緊貼在他的胸前。衣服扯開後，檀香的味道更濃郁了些，那些蚊子「呼」地一下飛開，唯恐避之不及。

他看著那一大團毒蚊往西南方向去了，湖邊恢復了以前的平靜。

有蚊子生活的水域，應該是沒有毒的。殺死馬和沙狸的兇手都是蚊子，與湖水無關。他想到這裏，高興起來，轉身走入湖中，用手捧起一掬湖水，輕輕喝了一口。水有點苦，帶著一絲荒漠特有的土腥味。

喝了幾大口後，感覺身體並無異樣，便將幾隻水袋都裝滿了水。

他返到岸邊，放下背包，脫掉衣服，正想下湖洗個澡，洗掉滿身的污垢。湖面上突然吹起一陣旋風，湖水奇蹟般的退下去，旋風消失的時候，湖水居然也消失了。偌大的湖，只剩下湖底的沙石。

湖水呢？

就算是龍捲風將水捲走，也應該留下一些的。他站在湖邊，簡直不相信自己的眼睛。炙熱的陽光，很快將湖底的沙石中的水分蒸發掉。遠遠望去，都是平坦的沙地。若不是他剛才所見，還真不敢相信這地方原本是個湖泊。

一陣大風吹來，帶起湖底的沙塵，整個天地頓時成了黃褐色。他瞇著眼睛，很快穿好衣服，背上背包，用毛巾包著頭部，繼續向前面走去。

戈壁灘上風來得快也去得快，但是有時候也會吹上一整天。沒有多久，大風就漸漸平息。

原本平坦的湖面出現了奇異的景象，一具具人與動物的骸骨，成生前站立狀挺立在沙土中，甚至還有人體骸骨騎在馬的骸骨上。各種姿勢的都有，就像一尊尊雕像。

整個場景，與古代的戰場沒有兩樣，兩班人馬正在進行著殊死拚搏，只是他們的身上沒有鎧甲，手上也沒有兵器。

但是他們的雙手，卻成緊握狀，有的高高舉起，彷佛揮舞著大刀向對手砍去；有的併攏向前，如同持槍刺入對手的身體。

怎麼會這樣？

一群在戰場上正在生死拚殺的人，突然被時間定格了，歲月流逝，他們

身上的盔甲和手上武器都已經隨著肉體腐爛，只留下這白森森的骨頭。他們的身體並沒有倒下，全都奇蹟般的站立著。

這樣的場景如果出現在他的考古文章中，會被人當成神話看，但事實上，是真的。他無法對任何人解釋眼前的現象。

和湖水的離奇消失一樣，這些人與動物的站立骸骨，也找不到答案。

他試探著一步步朝那些骸骨走過去，來到一具騎在馬上的骸骨前，伸手摸過去，就在他的手碰到骸骨的時候，骸骨似乎不堪重負，突然變成了粉末，連同胯下馬一起落在地上。於此同時，整個戰場上站立著的骸骨，相繼倒在地上。沙地上頓時鋪上了一層銀白色的粉末，再也找不到一截完整的骨頭。

如果有風吹來的話，這些銀白色的粉末，會隨風吹到荒漠的各個角落。這樣的戰場奇景，從此不再存在，彷彿一切沒有發生過。

他為自己剛才的魯莽有些後悔，如果他不去碰的話，也許這樣的奇景會繼續下去，千百年來，這樣的景象絕對不只出現這一次。地球上的很多奇怪景觀，一旦有外來物體闖入，地理磁場受到影響，景觀就會隨之消失。

他退了回去，照著原先的方向繼續朝西走。有水有食物，他可以堅持好幾天，只希望能夠儘快遇上蔡金林他們。他想起了趙二說過的那個乾涸的湖泊，現在這個湖泊，不就是乾涸的湖泊嗎？

他往前走了一段路，漸漸離開了湖泊，看到前面有一道比較高的土坡。他在土坡下坐了下來，打算休息一陣，爬上土坡繼續朝西走。

坐下來沒有多久，就聽到土坡上傳來有人說話的聲音。他起身抬頭望去，見土坡上出現幾道人影。走在最前面的那個人，正是趙二。

趙二也看到坡底下有人，催馬衝了下來，近前一看，認出是苗君儒，驚喜地叫道：「苗教授，你怎麼在這裏？」

上面陸續有人下來，苗君儒一看這些人中，並沒有周輝和劉若其，忙問林卿雲：「他們兩個人呢？」

林卿雲在一旁道：「你們三個人過去後，沒有多久就刮起了風暴，風暴過後，他們派人去找你們，可是連找你們的人都沒有回來。失蹤的還有蔡老闆和他手下的人。」

「可能是風暴把他們刮走了！」苗君儒遺憾地說道。看樣子，他的那兩個學生一定凶多吉少。

「你是怎麼一個人到這裏的？」趙二問。

苗君儒將自己的經歷向大家說了一遍，接著朝前面一指那地勢平緩的沙地，問趙二：「那裏應該就是你所說的乾涸湖泊了吧？」

「是的，」趙二說道：「我們從這裏往前筆直走，通過這塊乾涸的湖泊，黃昏的時候就可以進入魔鬼地域了！」

正說著，李道明帶人過來了，他看到苗君儒，臉上掠過一抹驚奇的神色。

苗君儒走過去說道：「我懷疑我們看過的那張地圖有假！」

李道明下了馬，問道：「地圖你也看過了，證明確實是幾百年前的東西，怎麼會有假？」

苗君儒說道：「地圖確實是幾百年前的人畫下的，但是畫地圖的人，並不希望我們找到寶藏。」

李道明問道：「你說這話是什麼意思？」

苗君儒說道：「你想想，我昨天和你們分開後，為什麼今天會出現在你們的前面，很簡單，因為我走的是一條捷徑，不像你們要經過淵泉子，繞一個大彎！」

李道明想了一下，苗君儒說的話有一定的道理，他問道：「當年畫圖的人畫下這幅假圖的目的究竟是什麼呢？」

苗君儒說道：「我也想知道，藏寶圖每隔幾年就出現一次，好像有意讓人來尋寶似的，去年藏寶圖在你父親的手上，今年藏寶圖卻到了林福平的手裏，你不覺得這之間的事情很蹊蹺嗎？」

李道明說道：「我倒是沒有想那麼多！」

苗君儒看到李子新和那個蒙面人走在一起，上前道：「你派人把我劫去，告訴了我那麼多事，給了我一張標有袁天罡真墓的圖紙，就是想要我幫你把天宇石碑弄出來。在你的心裏，以為我不可能拿到天宇石碑，所以你叫我不要讓大家知道你還活著，當你得知我們已經拿到半塊天宇石碑後，你決定親自出馬了！」

李子新哈哈大笑：「此一時彼一時，如果我再不露面的話，我的侄子可就被蔡老闆的人算計了。再說了，只要我找到寶藏，就算別人知道我還活著，又能怎麼樣？」

苗君儒說道：「去年你帶人去挖石碑，遇到虺蛇，差點沒有把命留在那裏，其實並不是林團長救了你，而是改名換姓後的張厚歧救了你；你心知無法拿到天宇石碑，於是乾脆把石碑和寶藏的秘密說了出來，這事不巧讓林團長知道，張厚歧擔心消息外泄，於是鼓動姓焦的營長殺了林團長，並取代了林團長的位置。」

李子新笑道：「那是他們之間起內訌，和我沒有關係。」

「怎麼會和你沒有關係？」苗君儒說道：「林福平的生意那麼好，不都是他的弟弟在支持他的嗎，如果他弟弟死了，你們李家就少了一個競爭對手，我認為殺林團長的主意是你出的，你還與張厚歧有另外一個協議。」

李子新微微一愣，說道：「哦，我倒想聽一聽！」

苗君儒說道：「可是我現在不想說。」

李子新問道：「為什麼？」

苗君儒笑了笑：「現在還沒有到說出來的時候。」

旁邊有人給他牽來一匹馬，他上了馬，來到林卿雲的身邊，問道：「你以前和你父親林福平，是通過什麼方式聯繫的？」

林卿雲說道：「他比我們先到，事先留下字條，要跑堂的拿給我。」

苗君儒略有所思地點了點頭：「到達安西的時候，他又是怎麼聯繫你的呢？」

林卿雲說道：「是他自己來找我的，張厚歧的人和龍七的人發生槍戰的時候，我在後面，被人拉出了小鎮，見到了我父親和蔡老闆，我父親對我說了鎮內的情況，要我去救你。」

苗君儒說道：「當你把我救出來後，只見到蔡老闆，卻並沒有見到你父親，是吧？」

林卿雲點頭。

苗君儒沒有再說話，催馬來到趙二的面前，與趙二並肩走著，李道明從後面追上來，問道：「你剛才和林小姐在說什麼？」

「沒什麼，」苗君儒說道：「我只想解開心中的謎團！」

李道明問道：「你現在找到答案了嗎？」

「暫時沒有，不過應該很快了！」苗君儒說道：「你們相不相信，在幾個小時之前，這湖泊中還有水。」

他看到李道明放在馬背上的半塊天宇石碑，本想拿槍制住李道明，將半塊天宇石碑毀掉，就完成仁德皇帝的囑託了，但是那樣就無法解開他心中的疑惑了。況且石碑是用天外來石製作的，硬度很大，沒有很好的工具，是無法毀掉的。

李道明好像突然想起了什麼，說道：「那張藏寶圖上，有一個地方叫死亡湖泊，難道就是這裏？」

苗君儒問：「你認為除了這裏之外，還會是哪裏？」

李道明朝前面看了看，說道：「為什麼叫死亡湖泊呢，這裏沒有一點死亡的跡象！」

苗君儒已經將他在湖邊的遭遇說了一次，只是李道明沒有聽到。

趙二說：「湖底的沙地到處是流沙井，人一陷進去就出不來了，去年我們在這裏損失了不少人。」

苗君儒問：「為什麼不沿著湖邊走？」

趙二說：「從湖邊繞過去的話，距離太遠了，如果走不到那裏的話，就要在湖邊過夜了，去年李老闆就要我們儘快從湖中走過去，說不能在湖邊過夜，否則全部的人都會死在這裏。」

一行人騎著馬，沿著湖底的沙石，向前面走去。湖底的沙土很軟，馬走過之後，留下一個個深深的蹄印。

往前走了一段路，趙二下了馬，一手牽著馬，一手拿著一根長長的棍子，在沙土中使勁戳著。

苗君儒也下了馬，跟著趙二，其他人見狀，也都下馬步行。

一聲悠長的鷹鳴，苗君儒抬頭一看，見空中掠過一隻鷂鷹，朝他們前進的方向飛去。

他問趙二，「去年你們也是這樣下馬探路的嗎？」

趙二說道：「去年因為趕時間，大家都沒有下馬，所以很多人都死在這裏了，」他低聲接著說，「現在是我們兩個人走在最前面，要是不想死的話，就小心點走。」

苗君儒說道：「照這樣的速度，黃昏前才能進入魔鬼地域了！」

趙二說道：「只要不在湖邊停宿就沒事，至於進不進魔鬼地域，那是他們考慮的問題！」

他看了看身後，見李道明等人和他們兩個落下一段距離，於是低聲說道：「苗教授，我覺得我們要找的地方，就在那個老頭子所待的村莊後面的山坡上。」

不虧是盜墓人，有豐富的經驗。苗君儒看過藏寶圖，如果照路線所指，應該就在那一帶。

趙二接著說道：「那道山坡的背後是大片鹽沼地，從風水上說是水，正面有兩條山谷，就像一個叉開的八字，剛好在山坡那裏匯集成一個點，那可是上等的佳穴，名字叫八部天罡星。你看到村子邊上那個佛塔沒有，風水學裏叫擎天柱，山坡內部的墓穴，正是通過這根擎天柱，得到天干地支中三十六天罡星的靈氣，靈氣聚集就形成王氣。所以那個山坡的下面，也是個天子穴！」

這名字苗君儒倒是第一次聽到，想不到風水學還這麼深奧。他想起了仁德皇帝，看來這個老頭子，不但守著村子前面山谷內的秘密，還守著村子後面山坡裏面的秘密。

漸漸地，他們來到湖泊的中間，苗君儒突然發覺腳下鬆軟的沙土中，有水漸漸滲出，並迅速漫過了腳面。

後面的人也大聲尖叫起來，有人爬上馬，催馬向湖邊跑去，走不了幾步，人和馬都陷了下去，很快便沒影了。

「不要亂，不要亂，」趙二大聲叫道，可是沒有人聽他的，整個隊伍都亂了，人喊馬嘶，不斷有人朝前衝，被流沙陷了進去。

湖水上升的速度很快，轉眼便已經到腰部了。苗君儒也不知道如何是好，想上馬跟著別人走，卻聽到趙二對他說道：「沒事，馬會游泳，跟著馬游到岸邊就行了！」

果然，當湖水漲到一定的深度時，幾匹馬一齊向對面的岸邊游去。苗君儒學著趙二的樣子，拉著馬尾巴，跟著一起游。同時對騎在馬上的林卿雲和林寶寶叫道：「快下馬，像我這樣游！」

其他人見狀，也都學著他們的樣子，大家一齊向岸邊游去。

距離岸邊還有一段距離的時候，苗君儒聽到一陣如同飛機在天上飛過的

「嗡嗡」聲，一定是那群毒蚊飛回來了。

他朝空中看了一眼，果然見到一大片黑色的烏雲，朝這邊快速移了過來。

他朝馬身上拍了一巴掌，馬游得更快了些，就在他的雙腳踏上湖邊淺灘上沙土的時候，聽到了後面傳來慘叫聲。

他全身都濕透了，身上發出一股濃郁的檀香味，那些蚊子不敢朝他這邊飛來，紛紛攻擊那些仍在水中的人，有好些人被蚊子叮咬之後，放開馬尾巴鑽入水中躲避，可是等他們從水中冒出來透氣的時候，卻遭到蚊子更猛烈的攻擊。

他大聲叫：「快點上岸騎馬離開！」

趙二用衣服護著頭，騎馬快速朝前面衝去。苗君儒看到林卿雲姐弟倆也上了岸，可能是林寶寶身上有檀香的緣故，那些蚊子也不敢攻擊他們。

上了岸的人紛紛騎馬跟著趙二跑去，那些沒有上岸的人，完全成了蚊子的攻擊目標，水面上立刻出現了幾具浮屍。幾個男人好歹游到岸邊，還沒等他們站起來，全身上下都已經被蚊子包裹住了，他們大聲慘叫著，瘋狂地朝前面跑了幾步，身體重重地撲倒在地。

已經上了岸的人，一邊用手猛揮，阻擋蚊子的進攻，一邊用力狠催胯下的馬，一旦被這些蚊子追上，用不了一分鐘，身上的血液就會被吸光。

那些上馬慢了一點的人，人和馬一同被蚊子包裹住，在沙地上滾了幾滾之後，就再也不動了。

苗君儒站在岸邊，從衣服內拿出那包被水浸濕的檀香，擠出一些水，見到一個從湖裏上來的人，就衝過去往那個人身上和馬的身上抹，說道：「快點上馬走！」

那些人被抹上檀香水後，暫時不會遭到蚊子的攻擊。

當他看到再也沒有人上岸後，才騎馬離開。在他身後的岸邊，至少躺著十具屍體，而湖裏，還有不少屍體往上冒出來。

這確實是一個殺人不見血的湖泊。

他騎著馬朝前趕，見太陽已經漸漸西斜，他胸前的衣服敞開著，那串墨玉佛珠仍掛在胸前，在陽光的照射下，泛出一層五色光圈，光圈漸漸擴大，籠罩住了全身。

他見狀大驚，忙用衣服將佛珠掩住，可惜已經遲了，跑在他身邊的幾個人，都已經看到了這奇異的景象，全都露出驚異而崇敬的神色來。

一口氣跑出了幾里地，看看後面沒有蚊子追來了，大家都停了下來，有不少人身上被蚊子叮，出現一些紅斑，又痛又癢，用手去抓，卻越抓越癢。

「不要抓，用萬金油塗一下，」苗君儒叫道。

他們每個人的行李中，都有些備用的藥品。那些人聽苗君儒這麼說，忙拿出萬金油，往身上亂抹起來。從死亡湖泊逃出來的，只剩下十幾個人了，那個和李子新一起的蒙面人，仍然用布蒙著面，正在和李子新低聲說著話。

趙二騎馬來到苗君儒身邊，低聲道：「再往前走不了多遠，就到去年我們遭埋伏的地方了！」

苗君儒望著前方，見陽光下的戈壁灘，離地一米的地方騰起一陣陣熱浪。他低聲說道：「也許我們現在已經進入了魔鬼地域，是不是？」

趙二微微點了點頭。

苗君儒朝四周看了看，除了連綿起伏的沙丘外，看不到異常的現象。他拿出指北針，見指北針上的指標來回晃動不停，指標異常就說明這裏的地磁異常，在異常地磁的作用下，什麼樣的奇特景象都會發生。

就算地磁異常，可是從槍口射出的子彈，也不可能改變方向。只有一種解釋，那就是他們所看見的那些人，並不是真實的人，而是虛幻的影像。想到這裏，他對趙二他們說道：「你們慢慢地朝前走，跟在我後面，我先去探路，等我回來的時候，你們注意看我，是從哪個方向回來的！」

他催馬一路狂奔，跑出一段路後，見兩邊的沙地上出現不少頭顱與身體斷開的骸骨，一具具地重疊在一起。這些人生前都是直接被砍斷了頭的。他來到一個土坡頂上，突然看到左前方走來一隊人馬，走在最前面的人正是趙二。

後面的人不是跟著他來的嗎，怎麼會跑到前面去了呢？

他明白了，是地磁異常導致光線折射，產生了虛幻的影像，原本在後面的人，影像卻出現在前面。以前那些人只顧朝前面開槍，哪知對手騎著那種極快的馬，從後面殺上來，猝不及防之下被砍掉了腦袋。

就在他回馬朝後走的時候，眼角的餘光瞥見右邊前方的一道土坡上，有

人影一閃。一定是那批西夏武士的探子，有人早就通過鷂鷹，將尋找寶藏的人的資訊告訴了他們，他們派人在魔鬼地域周圍等候，時刻觀察進入魔鬼地域的人，選擇在最好的時機內動手，達到一擊成功的效果。他們也知道這些持有現代兵器的人不好惹，所以利用魔鬼地域的奇特光影效果，從後面突然發起攻擊，不給對手還手的機會。那些進入魔鬼地域的人，一旦發現前面有人衝過來，絕對會組織人馬朝前面開槍，從而忽略了後面。

他來到李道明等人的身邊，聽趙二叫道：「苗教授，你是怎麼來的？我開始都看不見你，直到你幾乎走到我們的面前，才看見！」

苗君儒說道：「如果你朝後面看，就看到我了！」

他把剛才看到的奇異景象說了一遍，並說道：「用不了多久，肯定有人會從我們的後面發起攻擊，只要一個人注意前面的就可以了，其餘的人全都把槍拿好，留意後面。」

李子新說道：「好！所有的人都聽你指揮，大家的命，就全都交到你的手上了！」

往前走了一段路後，趙二看到了去年他藏身的那棵沙棗樹，說道：「到了！」

地上有很多凌亂的骸骨，大多都已被風沙蓋住，趙二下了馬，看了看那棵沙棗樹，朝前後走了十幾步，來到一具骨頭都已經散開的骸骨面前，說道：「他應該就是李老闆！」

李道明滾下馬，幾步衝到那具骸骨面前，雙膝跪下，哭道：「爸，爸，我來了，我帶你回家！」

他抽泣著，拿著一個布袋，將沙地上的骸骨一根根地撿起來放入布袋中。就在那具骸骨的旁邊，同時滾落著幾顆頭顱。骸骨可以確認，但是頭顱卻無法分辨了。

李道明問趙二：「去年你看到我父親的頭掉在哪裏？」

趙二說道：「幾個頭滾在一起，血肉模糊的，當時我也嚇壞了，沒有仔細看！」

李子新說道：「我哥年輕的時候去關外辦貨，有一次和土匪幹上了，被土匪照腦後砍了一刀，後來請了一位神醫，才救過來，你看那顆頭顱的腦後有刀痕的就是了。」

李道明把那幾顆頭顱翻過來看，果然看到一顆頭顱的後腦部位有一道刀痕，忙將那顆頭顱抱在懷裏，大哭起來。

一個人指著前面叫起來：「他們衝過來了！」

苗君儒問道：「是哪個方向？」

那個人回答：「是左前方！」

苗君儒大聲道：「不要管前面，所有的人都下馬，朝右後方開槍。不管看不看得到人，只管開槍，不要停！」

他的話音剛落，槍聲就已經響起了！

負責看著前面的那個人高興地叫道：「他們中槍了，哇，好幾個人掉下馬了，快開槍，快開槍，他們衝到面前了呀！」

苗君儒指揮著那些人不斷地開槍，槍聲中，突然出現幾匹直衝過來的馬，馬上坐著一些穿著古代武士打扮的人，揮刀當頭劈來。

「砰砰砰」三槍，三個衝在最前面的西夏武士倒落馬下。苗君儒朝另一個武士勾動扳機的時候，槍裏傳來「滴嗒」一聲，子彈卡殼了。

說時遲那時快，那個武士已經衝了過來，苗君儒已經退出了槍中的彈殼，剛要轉身，眼前刀光一閃，一把彎刀挾風劈至，速度太快，他根本來不及躲閃，絕望地閉上眼睛。

「撲」的一聲，武士手中的彎刀砍在苗君儒的脖子上，卻並沒有鮮血噴出，這個武士驚詫不已，正要返身補上一刀，苗君儒手中的槍響了。這個武士一頭栽倒在馬下，他至死都不明白，還會有什麼人的脖子那麼厲害，挨上一刀都沒有事。

苗君儒一手開槍，一手摸著剛才被彎刀砍中的地方。是佛珠，是那串掛在脖子上堅硬如鐵的佛珠替他擋了那一刀。

他指揮那些人儘量躲在馬背後，依託馬匹避過西夏武士的攻擊，紛雜的槍聲中，不斷有西夏武士落馬。那些武士見攻擊受阻，便不再往前衝，張弓搭箭，老遠就射。

羽箭的破空之聲不絕於耳，苗君儒身邊不斷有人中箭倒下，這樣下去，所有的人遲早會被那些西夏武士殺死在這裏。

可是眼下除了不斷往後退外，實在沒有其他的可行辦法。

沒有多久，便有五六個人中箭倒下，如果那些西夏武士全部衝上來的話，剩下的這幾個人根本無法抵擋那些西夏武士的進攻。

「你們上馬走，我一個人來對付他們！」苗君儒說道。

林卿雲叫道：「苗教授，你一個人怎麼行呢？」

苗君儒說道：「放心，我有辦法，你們快走，在赤月峽谷的谷口等我就是。」

見他這麼說，那些正在開槍的人，各自收槍上馬，跟著趙二向前面奔去。林卿雲騎馬來到苗君儒身邊，說道：「苗教授，我和您一起留下！」

苗君儒在林卿雲的馬腿上猛拍一掌，叫道：「放心吧，他們不敢傷害我的，你快走，再不走就走不了了！」

林寶寶從衣袋裏摸出幾顆子彈，丟到沙地上，叫道：「老爸，我和姐姐在那邊等你，你可要來呀！」

林卿雲含淚望了苗君儒一眼，策馬跑開。

沒有了槍聲，只有馬匹很粗的喘氣聲。苗君儒從地上撿起林寶寶丟下來的幾顆子彈，放進口袋，也許到時候用得著。他見所有的人都已經離去，便脫掉上衣，讓那串佛珠沐浴在陽光下。

從佛珠上映出一道五色光環，光環越來越大，漸漸將他的上身籠罩在其中。他將雙手合什，微微閉目，身體一動也不動。無論怎麼看，都像是一個從天而降的神仙。

他要用這種奇異的景象來鎮住那些西夏武士，為林卿雲他們逃出魔鬼地域贏得時間。那些西夏武士所乘的都是特種良馬，速度比他們的馬幾乎要快上一倍，如果追上去的話，用不了多久就能追上他們。

兩個武士騎馬一左一右地衝了過來，手上高高舉著彎刀。他們看到苗君儒後，臉上的兇悍之色頓時變成驚異，兩個人呆呆地望著，兩匹馬衝過苗君儒身邊的時候，他們並沒有將彎刀往下砍。往前衝出幾步後，他們把馬兜了回來，丟掉手中的彎刀，滾落下馬，雙手合什跪在苗君儒的面前，口中喃喃地念著：南無阿彌陀佛。

兩個彪悍且殺人不眨眼的凶徒，轉眼間變成了虔誠的佛教徒，這就是神的力量。

苗君儒鬆了一口氣，心中道：好險！當初妙安法師把佛珠送給他的時候，也許就知道佛珠能夠幫他逃過劫難。

又有幾匹馬同時衝了過來，和前面的兩個武士一樣，馬上的武士驚愕之後，無不滾落馬下，雙手合什跪在苗君儒的面前。在他們的眼裏，苗君儒是一尊不可褻瀆的神靈。

後面的人陸續衝上前，苗君儒的身邊，跪了好幾排人。他看到一個穿著金黃色盔甲的精壯男人，在幾個武士的簇擁下過來了。正是這群武士的首領拓跋索達。

拓跋索達身邊的獨眼壯漢認出了苗君儒，叫道：「怎麼是你？」

苗君儒用西夏語言緩緩說道：「正是我，我是受佛祖之托，來點化你們的！」

拓跋索達看著跪在苗君儒身邊的人，厲聲斥道：「不要相信他，你們都給我起來！」

時夕陽西下，苗君儒身上的五色光環漸漸消失。聽到拓跋索達的呵斥後，有不少人起身，但是仍有一些人跪著。

一個頭目模樣的人走到拓跋索達面前，說道：「大王，他是神派來的人，是來拯救我們的，我們……」

那個頭目的話還沒有說完，只見拓跋索達的臉色大變，腮上的肌肉繃得直抖，就聽他「嗷」地嚎了一聲，抽出腰間的彎刀揮起來。在夕陽下，彎刀劃出一個銀色的亮弧，一聲不太響亮的斷裂聲，那個頭目的頭顱飛了下來，在沙地上滾了很遠，最後側臥在地上，眼睛開始是睜著，在嘴不屈地張動了幾次之後，眼睛無力地合上了，被砍了頭的身子並沒有立即倒下，兩肩中部一塊模樣極駭人的紅色的圓，鮮紅的人血就如噴泉一樣噴發出來，足有三四米高。在夕陽的映照下，噴出的人血就像節日裏放的禮花，竟是極燦爛的！那些燦爛的血閃出了紅色的光芒之後散落下來。挺立著許久的屍體這才向前撲了兩步，沉重地倒在地上。

見拓跋索達這樣，其他的人都嚇住了，跪著的人也都紛紛起身。那個獨眼壯漢看到苗君儒胸前的佛珠，也認出了那塊仁德皇上的玉牌，忙朝拓跋索達耳語了幾句。

其實拓跋索達早就已經看到了，只是他不願手下人對這個來歷不明的人那麼崇敬，而影響他的威信，所以不惜殺人立威。他催馬上前幾步，問道：「你到底是什麼人，為什麼要殺死皇上，搶走他的隨身玉牌？」

拓跋索達此言一出，那些站在苗君儒身邊的武士，一個個憤怒地望著他，有不少已經去撿起丟在地上的刀。

苗君儒沒有想到仁德皇帝送給他的東西，被拓跋索達這麼一說，反倒成了他殺人的證據，他愣了一下，說道：「你怎麼知道皇上死了？」

拓跋索達哈哈大笑道：「皇上每天都會給我飛鷹傳書，可是我已經兩天沒有收到他老人家的信了，我今天上午派去的人，說皇上不見了，大家都知道，皇上不會輕易離開那裏，現在他不見了，肯定是被你殺了，要不然的話，他隨身的玉牌怎麼會在你的身上？」

苗君儒不知道拓跋索達說的是不是假話，如果仁德皇帝真的不在原來的地方了，那會去哪裏呢？他知道如果無法說出讓這些武士信服的話，一定會被他們殺死。但是他說這玉牌是仁德皇帝送他的，又有誰信呢？拓跋索達之所以那麼說，是想借刀殺人。

「大王，讓我殺了他替皇上報仇！」拓跋索達身邊一個身材瘦小的人說著，騎馬來到苗君儒身邊，舉起彎刀當頭劈下。

第五章

天師神劍

苗君儒望著佛肚上的那把劍，劍通體黃色，
劍柄的含口處有兩條龍紋，沿劍身向下，
末端鑲著一顆紅寶石，光線映照下，泛出閃閃紅光。
他距離寶劍約四米，在他的腳邊，有一條金屬鏈子，
鏈子的兩端分繫在兩根大石柱上，將人和佛像分開。
似乎在警告人們，不要越過雷池。

苗君儒看著那人劈下來的刀，正要抽身閃避，卻聽到拓跋索達大聲呵斥：「小六，住手！」

這個叫小六的男人悻悻地抽回刀，勒馬退到一邊。

拓跋索達說道：「只要你把皇上的隨身玉牌和那串佛珠交給我，我可以不殺你！」

苗君儒冷冷地望著拓跋索達，其實對方大可將他殺死後，把那兩樣東西拿去，不想殺他肯定是有原因的，那原因究竟是什麼呢？

拓跋索達接著說道：「我不管你是什麼人，能和我單獨談一談嗎？」

苗君儒說道：「可以！」

他上了馬，跟著拓跋索達走到一旁，獨眼漢子等幾個人遠遠地跟在他們的後面，走了一段路後，拓跋索達撥轉馬頭。

拓跋索說道：「皇上把玉牌給你的時候，還對你說了什麼？」

苗君儒微微一笑，原來拓跋索達以為仁德皇帝把王陵和寶藏的秘密將告訴了他，才沒有讓手下人殺他。

他問道：「現在半塊石碑和藏寶圖都在你手裏，另外的半塊石碑也將很快到手，你還想知道什麼？」

拓跋索達說道：「我聽先人們說過，要想找到寶藏，還需要破解裏面的機關，尤其是最後一道機關！」

苗君儒問道：「你認為破解機關的機密只有皇上知道？」

「是的，」拓跋索達高昂著頭，把目光放得很遠，說道：「據說幾百年前，曾經有一代皇上帶人進去過，皇家的秘密是代代相傳的，我逼了他幾十年，他就是不肯告訴我。」

苗君儒說道：「現在你已經自立為王了，還要尋找寶藏做什麼？」

拓跋索達說道：「幾百年來，我們蝸居在這種與世隔絕的地方，時刻不忘記復國，可是並不知道外面的世界發生什麼樣的變化，我看過你們的殺人武器，很遠發出一道火光就可以把人殺死，比我們的武器厲害多了，你以為我甘心躲在這種地方當幾百個人的王嗎？我要取出那些珍寶充當軍用，我要重建大夏國！」

苗君儒說道：「我想幾百年來，你的祖先和你一樣，做著同樣的夢，可是當皇帝的人，早已經失去了復國的信心，你們一方面逼皇帝說出王陵的秘

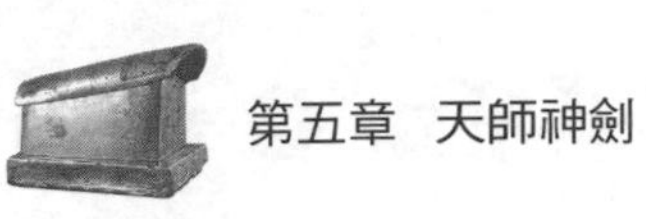

密，一方面積極尋找天宇石碑，幾百年前，你的祖先就利用那張藏寶圖，吸引一批又一批的人來這裏尋寶，並利用魔鬼地域的奇異景象，出其不意地將來人殺掉，你們以為那些尋寶的人，一定會把剩下的半塊天宇石碑帶來，可是這麼多年來，你們的目的並沒有達到，那些人只帶來藏寶圖，並沒有帶來你們想要的天宇石碑。」

拓跋索達有些奇怪地望著苗君儒，「你怎麼知道？」

苗君儒說道：「你們殺死那些人，拿到了藏寶圖，卻又通過別人把藏寶圖送了出去，所以藏寶圖會一次又一次的出現。」

拓跋索達承認，「是這樣，幾百年來，都沒有人帶來那半塊天宇石碑。」

苗君儒說道：「阿卡杜拉應該是你的人吧，是他的人通過鷂鷹，把尋寶人的行程告訴了你，你才可以選擇在最佳的時刻下手，可是我不明白的是，你為什麼要殺了他們？」

拓跋索達愣了一下：「你怎麼知道我殺了他們？」

「是一次偶遇，」苗君儒說道：「如果不是讓我發現那幾具屍體，我不會想到你和他們的關係，殺他們滅口的人，除了你之外，還會有別人嗎？」

拓跋索達說道：「他親自帶人送那半塊石碑給我，想和我談條件，所以我只好殺了他，可是他的幾個手下卻逃了，我命人追了很遠，才把他們的人全部殺掉。」

苗君儒說道：「如果不是起了風暴，我也不會和我的人分開，也就不會知道從安西到死亡湖泊，根本用不著繞淵泉子那邊，所以我懷疑藏寶圖是假的。你可能不知道，就在你那天晚上追我們出來卻到仁德皇帝那裏，逼問他關於王陵秘密的時候，我們幾個人，正躲在他的屋裏。」

拓跋索達說道：「我應該早就想到，你們就躲在他那裏，因為我的人找遍了整個地方，都找不到你們，你們沒有馬，不可能走出太遠。」

苗君儒說道：「聯想到你的所作所為，所以我斷定藏寶圖根本就是一個陰謀！」

拓跋索達望著苗君儒說道：「我很佩服你，你很聰明，什麼事都料到了，我們合作吧，取出寶藏後，我請你當我的軍師！」

苗君儒問：「如果我不答應呢？」

拓跋索達緩緩說道：「我會殺了你，或者把你永遠囚禁在這裏！」

苗君儒正要說話，突然聽到一聲震天霹靂，他抬頭望著夜空，見空中烏雲翻滾，雲層中閃電陣陣，雷聲滾滾而來。

頃刻間，烏雲遮住了整個天空，閃電擊在地面上，濺起陣陣火花。雷聲一陣比一陣猛，彷彿就在身邊炸開。

烏雲越壓越低，有時候數十條閃電同時擊在地面上，形成一張觸目驚心的閃電網，火光中，電流在地面上繼續彎曲延伸，相觸後「叭叭」作響。這樣的奇異景象，在地球上都很少見。

那些武士全都上了馬，人伏在馬背上，一動也不動。閃電帶來的亮光將大地照得亮如白晝，連對面人的眉毛一根根都看得清。他胯下這匹馬搖頭晃腦，嘶叫不已，他緊緊地收著韁繩，看到馬身上的毛一根根地豎起，就像一隻大刺蝟。

這馬突然抬起前腿，發出一聲長嘶，用力一掙，把韁繩掙斷。箭一般的衝了出去。他抓著馬鬃，閉著眼睛伏在馬背上，任由馬狂奔。一道道的閃電和他擦身而過，他幾乎聞到了衣服上的焦糊味，奇怪的是自己居然沒有事。

這確實是一處讓人無法捉摸得透的魔鬼地域。

馬終於停了下來，苗君儒看到夜色下那一望無際的荒漠，月明星稀，已經離開了雷電交加的魔鬼地域。

後面並沒有人追上來，他看了一下四周，也不知道跑到什麼地方了，把馬韁重新繫好，拿出指北針，朝東北方向行去。照這兩天的行程看，赤月峽谷應該在他現在方向的東北方。照著這個方向走，應該沒有錯。

往前走不了多久，看見一匹馬朝他走過來，近了些，他看清馬上的人，驚道：「怎麼是你？」

馬上的人穿著西夏王妃的服飾，是李道明的妹妹李菊香。

李菊香並未用面紗蒙著臉，露出一張俏麗的面孔來，她來到苗君儒面前，問道：「你是苗教授是吧？」

苗君儒問：「你怎麼知道是我？」

「能夠從拓跋索達手裏逃出來的，除了你還有誰？」李菊香說：「我哥沒有告訴你，我會奇門遁甲之術嗎？」

「你的意思是你已經算出我會從這個方向出來，所以在這裏等我？」苗君儒說道。精通奇門遁甲之術的人，確實有先知的特異功能，無法用科學解釋的。

「是的，」李菊香說。

「一年前，你為什麼眼睜睜的看著你父親被殺？按照你哥說的，趙二和你父親，兩個人只能活一個，如果你把趙二殺了，你父親就不會死，你也不會落入拓跋索達的手裏。」苗君儒說道。

「我現在是他的王妃，難道不好嗎？」李菊香說道。

「哦，」苗君儒覺得有些奇怪，李菊香似乎並不介意她的父親被殺，這就有點出乎他的意料了，他問道：「我們被拓跋索達的人抓到，差點遭到蠱噬之刑，你哥要你救他，你為什麼不救？」

李菊香笑了一下，說道：「你們不是逃出來了嗎？」

苗君儒想了一下，問道：「一年前，你的父親急著半夜從安西出發，到底是為了什麼？」

「當然是為了寶藏！」李菊香說道：「你認為會為了什麼？」

「你們最終的目的是為了寶藏，」苗君儒說道：「你父親等不到你叔叔到來，就急著離開安西，而且馬不停蹄，恐怕是為了救人吧？」

李菊香笑道：「不虧是教授，連這一層都想到了。」

「在此之前，我和拓跋索達單獨談過，所以我肯定了自己的想法，」苗君儒說道：「客棧老闆阿卡杜拉是他的人，見你們在客棧裏等那麼久，擔心你們兩路人馬會合後勢力太大，拓跋索達的人會吃虧，於是要手下的回回從外面帶消息來，說在荒漠中遇到一幫人馬，那邊的馬賊正打算下手，你父親聽到後，以為你叔叔已經拿到了天宇石碑，卻走錯了路，擔心他們遭到馬賊的襲擊，所以才急著趕去救人！」

李菊香說道：「這件事我也是後來才知道的。」

苗君儒說道：「其實我也是推斷！」

李菊香說道：「不要再說了，跟我走吧，他們在前面等你！」

「你已經遇上他們了？」苗君儒望著李菊香那張美麗的臉，覺得這女人不僅僅會奇門遁甲之術那麼簡單，言語中好像隱藏著另一層秘密。

李菊香撥轉了馬頭，向東北方向走去，苗君儒跟在她後面。荒漠中夜晚，潛伏著各種殺機，顯得詭異無比。

苗君儒跟著李菊香走了一個小時，遠遠地看到了火光，走近後看清是一處類似城堡一樣的村落。快進村的時候，苗君儒看到村口站著兩排手持長矛的西夏士兵。李菊香把面紗蒙上，放慢了馬步，從村邊兩人高的土垛繞過去。來到一處小門前，守門只有兩個人，她朝那兩個人說了一句話，那兩個人趕緊把門打開了。

苗君儒想不到李菊香居然也學會了西夏語，而且那麼流利。他跟著走了進去，見這個村落還比較大，足有好幾百戶，街邊不時有人走過，那些人見到他們後，無不立刻站住，躬身行禮。待他們過去後才走開。

他說道：「想不到你這個王妃當得蠻自在的！」

李菊香並不回答，只顧在前面帶路，過了幾條街道，在一座王宮模樣的大房子面前停了下來。

「這是你們住的地方？」苗君儒問。

「不！這是墳墓！」李菊香說道：「歷年來死去的人，都會放在這裏面。」

苗君儒問：「你帶我來這裏做什麼？」

李菊香說道：「拿一樣東西！」

苗君儒問：「是不是拓跋索達從張厚歧他們手裏搶來的那半塊天宇石碑？」

李菊香搖頭道：「進去就知道了！」

大房子門前並沒有人把守，兩扇大木門緊閉著。他們兩個人一左一右推開大木門，隨著一聲沉重的聲音，木門緩緩開啟，一股濃濃的腐臭怪味迎面撲來。

苗君儒久跟屍體打交道，早已經熟悉這股味道，但他從未聞過這麼濃烈的怪味，忍不住用手捂著鼻子。

李菊香已經點燃了放在門後的兩支火把，遞給苗君儒一支。借著火光，苗君儒看清裏面的情形，饒是他見多識廣，也看得膽戰心驚。

裏面就像一個大教堂，牆上畫著一幅幅具有伊斯蘭風格的圖畫，內容卻是各種神佛與仙境，每隔十幾米便有一根粗大的石柱，中間一條通道，兩邊

密密麻麻的坐著人，都是乾屍，一具緊挨著一具，有好幾千具之多。

李菊香說得不錯，這確是個大墳墓。男女老少都有，一排一排的，很有順序，如同一群正在聽教主說法的教徒。

最前面，是一尊巨大的釋迦牟尼的石像，旁邊還有阿難、迦葉兩位尊者，釋迦牟尼盤腿而坐，右手拈起蘭花指，左手放在腿上，在雙腿的中間，立著一把劍。

苗君儒問：「你叫我來就是為了這把劍？」

李菊香說道：「這把劍就是天師神劍！」

苗君儒暗暗一驚，想不到天師神劍居然放在這裏，他問道：「你既然知道是天師神劍，為什麼不直接把劍拿走，而要帶我來呢？」

「因為我知道這裏設置了機關，」李菊香說道：「從我們這裏到劍的地方，共有四道機關，我父親對我說過，你是這方面的專家！」

苗君儒笑道：「你父親也太抬舉我了，你們李家有那兩本絕世奇書，還怕破解不了機關嗎？再說，憑趙二的盜墓本領，也應該可以對付這些機關的，我只是個考古學專家，並不是破解機關的專家，當年孫殿英盜挖東陵，不是你叔叔指的路嗎？再說了，我們已經過了魔鬼地域，要這把劍有什麼用呢？」

「我也是這麼想，」李菊香說道：「可是我聽拓跋索達說過，沒有這把劍，根本找不到寶藏的入口！」

苗君儒望著佛肚上的那把劍，劍長約一點二米，寬約十釐米，通體黃色，劍柄的含口處有兩條龍紋，沿劍身向下，握手的末端鑲著一顆紅寶石，在光線的映照下，泛出閃閃紅光。他距離寶劍約四米，在他的腳邊，有一條金屬鏈子，鏈子的兩端分繫在兩根大石柱上，將人和佛像分開。似乎在警告人們，不要越過雷池。金屬鏈子那一邊的地上，是和這邊一樣，都是由一塊塊兩尺見方的石板鋪成的。

四道機關就在這四米左右的距離中，每一道機關都可以輕易致人死命。

「你們想拿走那把劍？」一個聲音從他們的後面傳來，苗君儒回頭一看，見一群人手持火把衝了進來，為首的人是拓跋索達。

拓跋索達接著說道：「我心愛的王妃，這一年來，我對你那麼好，想不到你還是沒有忘記你要做的事，如果有哪一天我成了皇上，你就是皇后了，為什麼還要背叛我呢？」

李菊香說道：「做你的春秋大夢去吧，你以為我委身給你委曲求全，是為了做你的皇后嗎？」

「為什麼不行？」拓跋索達顯得很痛心：「阿卡杜拉早就建議我要用你們的武器，我也已經派人和北方那邊的人聯絡上了，只要我可以找到寶藏，拿出財寶，那邊馬上就有人送武器過來，並幫我訓練軍隊，建立我的王朝！」

李菊香說道：「如果你當時沒有殺我的父親，也許我還會當你的王妃，甚至可以幫你，可是這一切都已經不可能了，我不能永遠面對一個殺父仇人！如果我不是懷了你的孩子，你絕對不會給我自由，我也沒有辦法為我父親報仇！」

苗君儒呆呆地望著李菊香，腦中不斷細想，想不到她為了報父仇，竟可以做出這麼大的犧牲，這是一個生活在傳統禮教下女子的悲哀。李子衡不是貪圖寶藏，又何至於死在拓跋索達的手裏呢？其實他是死於自己的貪心。

拓跋索達雙手一揮，大聲道：「抓住他們，要活的！」

幾個武士丟掉火把，向前面衝過來。苗君儒等第一個武士衝到面前後，左手抓住那個武士的手，身體一矮，右手托著對方的腰，輕輕一帶就把這個武士摔到鐵鍊的後面。幾聲細微的聲響，那個武士的身體彈了起來，接著倒在地上，再也不動了。

苗君儒已經看清有一塊石板翹了一下，從石板的下面射出幾支短箭。第二個武士仗著身材高大，衝到了他的面前攔腰抱住了他。他的雙手同時拍向武士的耳朵，這一招在武術裏叫雙風貫耳。擊中後，那武士放開了他，雙手捂著耳朵，大叫起來。他趁機橫腿一掃，將武士往佛像面前踢去。

那武士踉蹌著向前撲倒在佛像的腳邊，發出一聲慘叫。幾支長矛同時從他的背上透了出來。

「快去拿那把劍！」李菊香叫道。她不會武功，只利用那些乾屍，和幾個武士兜圈子。

還有兩道機關，苗君儒一看情勢緊急，也來不及多想，站在鐵鍊的邊上，趁兩個武士同時向他進攻的時候，借著兩個武士的手往身後一帶，身體縱起，腳踩在兩個武士的肩膀上，借著他們的衝力，跳到佛像上，伸手去拿那把劍。感覺腳下一軟，低頭一看，腳下踩著的地方陷了下去，耳邊聽到風響，心知不妙，身體就勢一伏。幾把彎刀撞到佛像上，落在一旁。

彎刀是從上面射下來的，機關連著他腳踩的地方。他的手一伸，已經把劍抓在了手裏，用力抽了出來，劍比較沉，拿著比較吃力。

見苗君儒已經將劍拿在了手中，拓跋索達大驚，叫道：「不要讓他們離開這裏！」

苗君儒正要跳下佛像，聽到身後傳來一聲巨響，佛像的頭部斷裂，向他滾了下來。那幾個衝過來的武士嚇得趕忙躲開。他趕緊向旁邊一斜，佛頭擦著他的衣服滾了下去，要是慢上半秒鐘，就被砸成肉餅了。

他不敢踩在石板上，有些機關是可以重複啟動的。幸好下面有幾具屍體，正好當他的跳板。

李菊香已經推開了側面的一扇小門，叫道：「快往這邊來！」

苗君儒踩著那幾具屍體，跳過了鐵鍊，向李菊香那邊跑去。一個武士已經抓到了李菊香的衣服，另一個武士抽刀向他劈來。他低頭避過武士斜砍來的一刀，把劍往前一送，刺入了武士的胸膛。抽出劍後順勢一劈，將另一個武士的脖子砍斷。一腔鮮血立刻噴了出來，濺了他一身一臉。

腳踩著乾屍，他衝到了李菊香的面前，兩人一起衝出了小門。小門外有三匹馬，都是李菊香事先安排好的。其中一匹馬上放著一個四四方方的黑布袋，估計是拓跋索達從張厚歧他們手裏搶來的那半塊天宇石碑。

他們兩人上馬，往前面奔了出去。

兩人一前一後地衝出了城門，見後面有大批的人追了上來。

「跟我來，」李菊香叫道。催馬向另一邊跑去。

苗君儒緊跟著她，跑不了多遠，見衝入一堆堆的亂石中，進入亂石堆中後，只見空中雷閃雷鳴，耳邊聽得風聲陣陣，夾雜著金鼓刀鳴之聲，心中不禁一凜，以為又進了魔鬼地域，正要說話，卻聽李菊香說道：「這是我早就布好的奇門八卦陣，準備用來對付後面的追兵，你跟我走就是！」

他也不說話，緊跟著她，三竄兩竄就出了亂石堆。只見夜色皎潔，一輪明月高高地掛在天上呢！

林卿雲望著左右的人，他們衝出魔鬼地域的時候，被閃電擊中了好幾個人，到達赤月峽谷的谷口後，剩下的人已經沒幾個了。

他們在谷口足足等了兩個小時，都不見苗君儒趕上來。她扯著馬韁來回走著，臉上露出焦慮的神色。

李道明他們那些人則下馬坐在沙地上，拿出隨身帶著的水和食物來吃。剛從死神手裏逃出來，他們倒是逍遙自在。

李子新對林卿雲叫道：「姑娘，下馬吃點東西吧，他會沒事的！」

幾匹馬從黑暗中衝了過來，林卿雲叫道：「他們追上來了，快逃！」

李子新從地上爬起來，看到衝在最前面的李菊香，忙招呼大家上馬。

李菊香一手抓著胯下這匹馬的韁繩，一手扯著另一匹馬的韁繩，來到李子新的面前，說道：「叔，我們快走，我用奇門遁甲之術暫時困住了拓跋索達，可是堅持不了多久！」

李子新說道：「閨女，難為你了！」

李菊香把另一匹馬的韁繩遞給李道明，說道：「哥，馬背上是半塊天宇石碑，你們快走吧。」

「你呢？」李道明問：「你不跟我們一起走嗎？」

「我在這裏等他們，」李菊香說道：「記著，進入谷內，沿路撒馬血，讓那些螞蟻出來！」

「這沒有用的！」苗君儒說道：「必須要到明天的正午時分才能開啟寶藏之門，螞蟻出來也只是抵擋他們一個晚上的時間，何況他們還有別的路可以走！」

李子新說道：「天宇石碑現在在我的手裏，我就不相信拓跋索達不想得到寶藏。」

李菊香說道：「他心狠手辣，你們要防著點！」

李子新說道：「閨女，委屈你了！」轉身對李道明等人一揮手，「我們走！」

一隻鴿子飛過來，停在李子新的肩膀上，他從那隻鴿子的腳上取下一樣東西，從裏面拿出一張字條，看了一下，臉色微微一變，自言自語道：「我應該早就想到的。」

他在紙條上寫了幾個字，重新放進去，把鴿子放了出去。

苗君儒見李子新這麼做，肯定是在和別人聯繫，只是他無法知道那邊收信的是什麼人，他催馬來到李菊香，說道：「你真的不跟我們走？」

李菊香微微一笑，「你認為我還能夠回去嗎？」她的聲音無比淒婉，聽得苗君儒忍不住心酸，他說道：「其實你完全可以憑你自己的力量拿到這把劍，為什麼要叫我去？」

李菊香說道：「我已經算過，能夠進入王陵後逃出來的人，只有靠你！」

「我實在不懂，」苗君儒說道：「你既然能夠算出所有的事情，為什麼不想辦法避過呢？」

「這都是命呀！逃都逃不過的。」李菊香的眼神很幽怨：「一年前，我就勸過我父親，可是他不聽，硬要捲進來，結果連命都賠上了。」

「其實很多事情，都是靠人去爭取的。」苗君儒說道：「你能不能告訴我，你和你叔叔是什麼時候聯繫上的？」

李菊香摸了一下自己的肚子，看著已經走遠的那些人，說道：「是在懷上這個孩子，得到自由之後，算起來有四個月了！我通過客棧老闆阿卡杜拉，把信送了出去！我叔叔就派人來到安西，聯繫上了我！」

「哦，阿卡杜拉幫你把信送了出去，」苗君儒說道。

「是的，」李菊香說道：「他是一幫馬賊的頭領，在安西開了一家客棧，是想摸清過往客商的底細，派人在中途下手，有一次，他帶人在荒漠裏遇到了拓跋索達，終於相信了那個流傳在回民中間的傳說，傳說是有一幫從東邊來的人，到荒漠裏守衛著一個巨大的寶藏。於是他自願成了拓跋索達的人，其實他也想得到那批寶藏，只是他的勢力太小。」

苗君儒的心中豁然開朗，終於明白了阿卡杜拉為什麼要幫張厚歧，也終於弄清楚了李子新和張厚歧之間的協議。

李菊香說道：「你快走吧，再晚一點那些螞蟻聞到馬血的味道，就出來了！如果你想救那個孩子的話，就必須要有一個人為他抵命！」

苗君儒想問為什麼，見李菊香的頭仰著，已經閉上了眼睛。月光下，他彷彿看到了她眼角流出的淚痕。他騎馬走出了很遠，忍不住回頭望去，見到李菊香那弱小的影子，顯得異常的孤零。

苗君儒追上了李道明他們，見其中一匹馬的身上被人用刀砍了幾刀，馬血一路流淌過來。峽谷內除了馬蹄聲在空曠地迴盪外，沒有其他的聲音，一切都那麼的寧靜。在夜色下，紅褐色的岩石呈現出暗紅色，就像乾枯了的血，仍那麼令人觸目驚心。

「你和我妹妹說些什麼？」李道明問。

苗君儒說道：「你想知道的話，為什麼不去問她？」

李道明討了一個沒趣，眼睛盯住了苗君儒手中的劍，問道：「這把劍是什麼劍，怎麼這樣奇怪？」

苗君儒抬起劍查看，見劍身未沾有半點血跡，在夜色下微微泛著金色的光芒，一看就知道不同凡物，他說道：「這是我從拓跋索達手裏搶回來的。」

幾個小時後，他們走出了峽谷，看到了兩座大山谷交叉處的土坡，也看到了土坡下鄰近村莊的佛塔。

月光中，佛塔像是一個站立在那裏的巨人，忠實地守衛著土坡下的秘密。

李道明騎馬到李子新面前說了幾句話，李子新回頭對苗君儒說道：「今天晚上我們還是住到那個皇上那裏去吧？」

苗君儒望著李道明，他和仁德皇帝說的都是西夏語言，他並未向別人透露仁德皇帝的身分，李道明是怎麼知道的？難道李道明聽懂了他和仁德皇帝之間的談話？

苗君儒聯想到李道明對西夏歷史的精通程度，他將目光轉向了李子新身邊的那個蒙面人，說道：「你蒙著臉是不想讓我看到你，可是你的學生卻出賣了你，聽不懂我和仁德皇帝談話的人，是根本不知道他的身分的，而你，是古代語言的專家。你的學生說你病了，這場病可病得不輕呀！」

那個蒙面人扯下臉上的黑布，正是齊遠大教授。

苗君儒大笑道：「如果你一聲不吭，或者繼續蒙著臉，也許我真的無法斷定你就是齊遠大，可是你心虛，齊教授，也許你不知道，我除了考古學外，還學過心理學和邏輯學！」

李子新說道：「看來什麼事情都瞞不過你！」

苗君儒說道：「我只是運用我的邏輯推理，來對身邊所發生的事情，進行推斷！」

李子新說道：「你不是說我和張厚歧還有個協議嗎，那你說說看，我和他的協議是什麼？」

苗君儒說道：「這事還是得從頭說起，在四個月前，你接到侄女李菊香的來信，於是你便派人到安西，通過客棧老闆阿卡杜拉，和她聯繫上了。你知道拓跋索達在殺了你哥之後重新拿到的藏寶圖，也知道這藏寶圖是拓跋索達想弄到那半塊天宇石碑的誘餌。

「按照道理，藏寶圖過幾年才會出現一次，因為這是拓跋索達的祖上定下的規矩，目的是要讓那些尋寶的人帶回天宇石碑，而不是頻頻的來尋寶。如果藏寶圖出現得太頻繁，尋寶的人越來越多，擔心遲早有人知道他們存在的秘密。

「你要你的侄女利用拓跋索達急於建立王朝的心理，拋出了藏寶圖。阿卡杜拉把藏寶圖轉交給你，你卻把圖給了林福平的管賬先生，進而到了林福平的手裏。因為你知道他和我的關係很好，如果我幫他的話，就有可能拿到那半塊石碑。不料他看出了藏寶圖的秘密後正要找我一起商量，卻被管賬先生控制住，情急之下，他只得假死，並要兒子帶著圖離開……」

李子新笑道：「一點都不錯，可是那個傢伙很不會辦事，我只有找人殺了他！」

「你為了把這場戲做得逼真，還派人殺了那些與藏寶圖有過接觸的人，」苗君儒說道：「你知道藏寶圖到了我的手裏，於是派人劫持我，想逼我和你合作，當你知道我已經把圖給了你侄子的時候，就改變了主意，給了我一張標示袁天罡真墓的圖紙。」

李子新面無表情地說道：「想不到你還真的拿到了那半塊天宇石碑。」

苗君儒說道：「我說過，你去拿石碑失敗，差點死在那裏，並不是林武平救了你，而是張厚歧，他是當兵的，雖然離開原先的部隊，但還是有感情的，他還想回去，於是你答應想辦法幫他聯繫孫軍長。他聽了你對他說的那些關於寶藏的秘密後，決定和你合作，找到寶藏，作為他回部隊的進階禮，這就是你們兩個人之間的協議。

「這個協議看上去對你似乎並沒有一點好處，但這就是你精明之處，其實你是在利用他來為你辦事，那就是把石碑送到拓跋索達的手裏後，因為拓跋索達的身邊，早就有了你的侄女，她會成功地把石碑偷出來交給你。張厚岐派人告訴了你拿出天宇石碑後，你要他帶人先走，你隨後就會到，並要他到達安西後找客棧老闆阿卡杜拉來幫忙，所以才有了安西街頭上的那一戰。

「令我困惑的是，你為什麼不告訴他李道明是你的侄子？龍七是李道明請來幫忙的人，如果講清楚關係的話，他們其實是一夥人，根本不需要發生內訌。」

李子新說道：「每個人都是有私心的，都想單獨得到寶藏，我那麼做，是想消耗他們的實力，免得到時候我控制不了他們。」

「薑果然是老的辣，」苗君儒說道：「齊遠大教授和你們李家的合作，應該不只一次吧？」

李子新說道：「我們李家從祖上開始，為了達到目的，都是不擇手段的。」

苗君儒說道：「現在兩塊石碑都在你的手裏，你應該很成功，可是你忽略了兩個人。」

李子新問道：「你說的是林福平和蔡金林？」

「蔡金林只是其中的一個，還有一個人是他，」苗君儒的手指著趙二。

趙二驚道：「苗教授，你這是什麼意思？」

「也沒什麼意思，」苗君儒說道：「就算你是盜墓高手，也不可能一下子就知道那半塊石碑在拓跋圭棺柩下面的石室裏，你是漢人，河南陝西山西一帶有盜不完的墓，你憑什麼跑到這荒漠來盜墓？而且盜的是拓跋圭的墓。」

趙二冷笑：「你懷疑我是拓跋索達的人？」

「不，我還無法肯定你是誰的人，」苗君儒說道，「我只是懷疑你怎麼會那麼快就找到天宇石碑，你以前來盜墓的時候，一定是發現了棺柩下面的秘密。那可是西夏皇族嚴守的秘密啊，怎麼那麼輕易就被你發現了，應該不會是巧合吧？而且當你到了這裏之後，立馬肯定我們要找的王陵，就在這土坡下，還記得我們之間的談話吧，如果你沒有見過藏寶圖，怎麼會對上面標示的地形如此熟悉？

「我推測一定是拓跋索達要阿卡杜拉幫他找盜墓高手，為的是尋找仁德皇帝死活都不願意說出來的秘密。於是阿卡杜拉找到了你，給你看了藏寶圖，並說了寶藏的秘密，在他們的幫助下，你輕而易舉地進入拓跋圭的墓室，發現了棺柩下面的秘密，你並沒有把秘密告訴他們，而是想辦法逃了回去，由於害怕他們派人來殺你，所以躲了起來，直到一年前李老闆找到你。我推測得沒錯吧？」

趙二說道：「大體上是沒錯，阿卡杜拉找到的不是一個人，而是兩個人，可惜我那個朋友一年前已經死了！要不是他想得到寶藏，我還在鄉下享受土財主生活，他說李老闆答應他，找到寶藏後分我們四成。其實我不想捲進來，可是偏偏被捲入了。我聽人說過，尋找寶藏的人，沒有一個能夠活著回來。」

「原來是這樣，」苗君儒說道：「所以你在路上的時候，一再勸我離開。」

趙二點頭，對李道明說道：「李老闆，我已經幫你帶到這裏了，求求你放了我老婆和孩子。」

「我這就送你回家，」李道明的手上出現一把槍，一聲槍響，趙二栽倒在馬下，從他身上掉出幾樣東西來，是從袁天罡的真墓中帶出來的那本《六壬課》和兩個金印。

有一個人下馬把那幾樣東西撿起來，交給李子新。

李子新拿著東西，說道：「好歹也是古董，值不少錢呢！」

苗君儒不再說話，只望著齊遠大。

李子新帶頭朝村子裏走去，其他人陸續跟在他的後面。苗君儒望了一眼趙二的屍體，心中無比內疚，如果不是他說出那麼多話，趙二也許可以不死。

來到那間大屋內，見火塘裏還有火，但卻沒有一個人。

進到屋裏，李子新命兩個人守著林卿雲姐弟，另兩個人守在門口。李道明帶了兩個人進到內屋搜了一遍，找不到人。這屋內在不久前應該還有人，人都到哪裏去了呢？

兩聲槍響，守在門口的兩個人應聲倒地。屋內其他的人各自找地方躲了起來。屋外不斷響起槍聲，子彈射入土牆中，「撲撲」作響。

李子新躲在窗戶下，大聲對外叫道：「林老闆，你的兒子和女兒都在我的手裏，我們來談談條件怎麼樣？」

「誰和你談條件？」外面說話的人正是林福平：「你們加起來還不到十

個人，憑什麼和我談條件？」

「爸，爸快來救我！」林寶寶叫道，被一個男人死死按住。他咬了那個男人一口，趁那人大叫的當頭，拔腿向屋外衝去。

李道明見狀，抬槍就射。

第六章

奢華無比的地下皇宮

把皇宮搬到墳墓裏來的，

古今的帝王中，李元昊可謂前無古人，後無來者。

苗君儒憶起了史書上的記載：

……征民夫三萬修建陵墓……發刑徒十萬於邊陲……

原來李元昊明修棧道暗渡陳倉，明的征民夫修建陵墓，

暗地裏卻用那十萬刑徒來為他修造地下皇陵。

苗君儒蹲在一個角落裏，聽著屋外的槍聲陣陣，剛才進來的時候，還真的沒有見到仁德皇帝，他會去哪裏呢？

聽到林寶寶的叫喊後，一抬頭剛好看到李道明拔槍要射，起身正要撲上去，卻見李子新一把按住了他，說道：「留著那小男孩，沒有他，我們進不了王陵。他還有一個女兒在我們的手裏，諒他不敢對我們怎麼樣。」

苗君儒聽到李子新的話，微微一愣，難道沒有林寶寶，就進不了王陵嗎？

「李老闆，我進來和你談判，叫你的人收好槍，千萬不要走火。」外面傳來蔡金林的聲音。不一會兒，蔡金林從外面走進來。

李子新冷笑道：「別以為你們郎舅兩個人聯手起來，就想吃掉我！」

苗君儒認識林福平那麼久，只知道他的老婆姓蔡，想不到他和蔡金林還有這一層關係。

蔡金林看了一下屋內的情形，說道：「李老闆，好漢不吃眼前虧，就好像我不願意陪你們走那條大彎路一樣，我現在走的是一條捷徑。現在外面有一個連的正規部隊，你怎麼跟我鬥？你們李家在琉璃廠有兩個大門面，而且全國有分店，生意做得那麼大，還貪心不足嗎？」

李子新起身道：「貪心不足的是你們，所有古董界的朋友，誰不知道北平皓月軒蔡老闆？你們家祖上從乾隆爺開始就做古董，可是琉璃廠最老的一家了。你能夠帶人來幫忙，我就不行嗎？如果你們強攻進來，我就把石碑毀掉，到時候誰都別想知道寶藏的入口在哪裏。」

蔡金林說道：「這樣吧，我們合作，五五分，怎麼樣？」

「爽快，好！」李子新一口應承下來：「不過林老闆可能要失去他的兒子了。」

蔡金林說道：「開啟寶藏必須要用童男之血引路，這一點我們早就考慮到了，放心，那個孩子不是他的骨肉，是他八年前花兩塊現大洋從鄉下買來的，就等著開啟寶藏用。」

「舅舅！」林卿雲叫道：「你說寶寶不是我的弟弟？」

蔡金林說道：「包括你都不是他生的，他小的時候淨身進宮，宣統爺退位後，他被趕出了宮，是我父親收養了他，並把我姐姐嫁給他。其實他的生意，全都是我們蔡家的，他只是一個木偶。」

原以為林福平是天生的娘娘腔，原來是個太監，這一點苗君儒怎麼也沒有想到。

林卿雲叫道：「我的親生父親是誰？」

蔡金林說道：「可惜你的母親已經死了，不然的話你可以去問她！不管怎麼樣，你都是我的親外甥女，和那個男孩子不同。」

他轉向李子新，說道：「你們好好在裏面休息吧，我不會進來打擾你們的！」

蔡金林出去後，李子新不敢懈怠，其他人休息的時候，安排兩個手下人警戒。

苗君儒一覺醒來，天已大亮。他是被驚醒的，從地下傳來陣陣震動，他起身一看，是赤月峽谷那邊傳來轟鳴聲，不！應該是馬蹄聲。從聲音上判斷，來的人至少兩百人以上。李菊香果然靠她一個人，擋住了拓跋索達的人整整一夜。

他起身跟著大家出了屋子，李道明和兩個手下則緊緊地抱著那兩塊天宇石碑。

出了院子，見赤月峽谷方向黃塵滾滾，人喊馬嘶。這邊的軍隊已經各自找好了最佳的射擊位置，槍口一致瞄準前方。

齊遠大來到苗君儒身邊，說道：「一場人類的血腥屠殺馬上開始了，我想看一看那些西夏武士是怎麼悲壯地衝向死亡的。」

峽谷內很快衝出一大群騎在馬上的武士，那些武士大聲呼喊著，催馬前進。當他們進入射程後，這邊所有的槍同時開火。這場面確實很悲壯，前面的人和馬倒下去，後面的不斷往前衝。幾分鐘內，就死傷上百人，剩下的人如潮水般退去。

這邊卻無一個人傷亡。苗君儒看到蔡金林陪著兩個軍官模樣的人，朝前面指指點點。林福平拉著林寶寶站在一旁，一副很猥瑣的樣子。

林寶寶看到他，叫了一聲「老爸」，他心頭一酸，這孩子還不知道等下會有什麼噩運。

「我們走，」李子新大叫著，命人保護著那兩塊石碑，向村外走去，他們始終和蔡金林的人隔開一段距離。蔡金林也命令那些部隊向前推進，將那些武士趕入峽谷中。

苗君儒和齊遠大，跟著李子新他們來到土坡頂上。現在，他們就等時間了。

蔡金林和他的人站在坡底，他擔心過於逼近，李子新他們會把天宇石碑毀掉，只要找到寶藏入口，再下手也不遲，反正身邊有這麼多人，一人一口唾沫，也可以把李子新他們淹死。

峽谷內的西夏武士停止了進攻，時間一分一秒地過去。

六月廿二日是日照時間最長的一天，這一天荒漠裏的溫度，比任何時候都高。坡頂上的人暫且不說，那些坡下的士兵，已經有不少人脫水暈倒了。

看看時間將近正午，李子新對坡下叫道：「把那小孩子帶上來！」

林福平拉著林寶寶，一步一步向坡頂上走來。

李道明把兩塊天宇石碑慢慢合在了一起，日頭下，天宇石碑的表面流光幻彩，放射出一種奇特的七彩光圈，從土坡頂部開始，天空中出現七道絢麗的彩虹。這一奇景將所有的人都看呆了。

苗君儒看清黑色石面上的星象，點點繁星閃爍不已，整塊石碑就像夜霧籠罩下的夜空。石碑上的北斗七星，漸漸連成了一線。緊接著，從石碑上的北斗七星處射出一道刺目的白光，白光直透天宇。

白光過後，大家的眼睛還沒有恢復過來，從天上又有一道白光直射下來，罩在坡底那座佛塔上，白光越來越強烈。所有的人都閉著眼睛，不敢再看。

「快，快，把那個孩子殺掉！」李子新用手捂著眼睛大叫。

一個男人走過去，抽出刀照著林寶寶的頭就砍，說時遲那時快，苗君儒已經縱身撲了上去，抱著林寶寶滾下了土坡。就在苗君儒撲上去的時候，林卿雲也一把推開了控制她的男人，衝上前去救林寶寶。她的腳不小心踢到天宇石碑，不料這塊石碑竟變成了水一樣的流質，被她這麼一碰，頓時滲入沙土中，再也不見了。她的腳下一滑，向土坡下滾去。

一聲震天巨響，佛塔倒塌，塔底出現一個大洞，一股黑氣從裏面冒出來，瞬間遮住了大半個天空。光線瞬間暗淡下來，很多人的眼睛遭此一亮一黑的刺激，出現暫時性失明，如同瞎子一般，連對面的人都看不到。

苗君儒抱著林寶寶不斷翻滾著，滾到那個大洞邊上，兩個人同時掉了下了下去。

去。林卿雲也滾到了洞邊，想要去抓住苗君儒，一抓卻抓了個空，緊跟著掉

苗君儒以為自己掉到洞裏後必死無疑，誰知道竟掉到了水中，從下落的速度和時間看，整個高度約二十米。這樣的高度，在歷代皇陵中，都是很少見的。

他掉下之後，緊跟著上面掉下來一個人。冒出水面後，他仰頭望去，見頭頂上方有一個圓圓的洞口，有光線從上面透下來。洞口看上去，就像一輪掛在夜空中的圓月，只是光線有些強烈。

一個人從他身邊的水下冒出來，抹著臉上的水珠，叫道：「苗老師！」

苗君儒看清是林卿雲，他懷中的林寶寶也驚喜地叫了一聲「姐姐」，他感覺身下的水雖然很深，但是水流不強，說道：「我們游上去！」

他們奮力游到岸邊，苗君儒坐在岸邊的石台上，眼睛漸漸適應了周圍的黑暗，看清面前的是一個大水塘。

上面有繩子垂下來，並不斷傳來槍聲，想必是上面的人已開始火併了。

「我們找個地方躲起來。」苗君儒說道。頂上有光線透下來，完全不用點燃火把就可以看清楚周圍的情形，他驚異地發現，這座王陵的內部結構，居然與皇宮一模一樣。

地上鋪著鎏金石板，每一根粗大的石柱上，都盤著金龍和奇珍異獸。兩邊分立著幾十個文武大臣，再往後是兩排體格強健，手上拿著刀斧槍戟的金殿武士。正前方就是皇帝所在的地方了。

那是一座九級台階的小平台，全都是用鎏金石板砌成，平台稱為丹陛，兩側有兩米高的麒麟與龍馬各一對，還有一座大銅鼎。正中間有一張長約三米，高約一米五的案台，就是御案了，御案的後面是一張鏤花雕刻、上面有一些猛獸圖案的黃金龍椅，黃金龍椅的後面是一扇金絲大屏風，大屏風的隔扇也從兩側向中間升高，屏風頂上雕刻的異獸也都面朝中心，逐步升騰而上，屏風鏤空面上的雲彩和異獸裝飾也由小漸大逐漸上升，大屏風上鑲嵌著各種寶石，放射出點點毫光。兩邊各站著四個手持孔雀翎金絲大扇的宮女。龍椅兩側及前方對稱排列的各種零件，以眾星拱月的方式烘托出富麗輝煌的效果，並且以平面展開的處理形式，使得整個金鑾寶座顯得舒展大方，而整個皇宮內全部用黃色做基調，顯得金碧輝煌。

苗君儒走過去，用手摸了一下一個大臣的身體，見身體晶瑩剔透，顯然是玉石雕刻的。那麼，整個大殿裏的文武大臣、武士和宮女，都是玉石雕刻的。每一個人就是一整塊玉石，單就這樣的大手筆，就令歷代皇帝汗顏了。把皇宮搬到墳墓裏來的，古今的帝王中，李元昊可謂前無古人，後無來者。整個宮殿的建造風格，與唐朝的風格極為相似，但是摻入了不少西夏的建築特色，二者很完美地結合在一起。

苗君儒憶起了史書上的記載……征民夫三萬修建陵墓……發刑徒十萬於邊陲……

原來李元昊明修棧道暗渡陳倉，明的征民夫修建陵墓，暗地裏卻用那十萬刑徒來為他修造地下皇陵。大夏國人口並不多，那十萬刑徒大多是他從周邊國家擄掠來的良民。

「苗老師，他們來了！」林卿雲低聲道。

苗君儒回頭一看，見上面不少人已經下來了。有的已經從水裏游到了岸上，點燃了火把。槍聲不斷從上面傳下來，並未有停息的意思。

「啊……」傳來幾聲慘叫，幾個手持火把的士兵不知道為什麼，一頭栽倒在地，有兩個掉入水中，再也沒有浮上來。

沒有了火把，光線頓時一暗。

苗君儒拉著林卿雲和林寶寶，在幾尊玉石像後面躲了起來。他心知無論哪一朝的王陵都有機關，李元昊的陵墓內，也許機關還要更多。剛才那些舉著火把的士兵，就是中了這裏面的機關。奇怪的是，他們三個人卻沒有事。

「苗教授，你……」林卿雲用手指著苗君儒的胸前。

苗君儒低頭一看，見自己的衣服內透出一條環狀的細微黃色光芒，他心知一定是那串佛珠。佛珠不同凡物，可保他們三個人的安全。只是從上面掉下來後，手中的那把天師神劍，掉到水潭裏去了。

他不想去開啟什麼寶藏，只想帶著他們姐弟倆離開這裏。

又有幾個士兵點燃了火把後，慘叫著倒斃。接連發生了兩次，其他人再也不敢點火把了。各自摸索著往前面走。

仁德皇帝要他阻止兩塊石碑重合，可是沒有辦法制止，現在兩塊石碑已經重合了，天咒已經開始，亡靈也許已經被驚動，當真所有的人都沒有辦法離開嗎？

在這個類似於皇宮的墓室內，由頭頂圓洞透下來的光線很有限，只能夠模糊地看到墓室裏的大概情形，如果沒有火把，根本沒有辦法再往內走。

空間這麼大，要想找到進入寶藏的通道，是很困難的。而且這裏面機關重重，稍微不注意就會喪命。他尋思著怎麼樣避過那些士兵，抓著繩子爬上去。

可是上面不斷有人下來，一時半刻還沒有辦法上去。

「苗教授，你在嗎？」一個聲音傳來，是李道明。

「水裏沒有，肯定是上岸了，」另一個聲音是齊遠大，「蔡老闆，叫你士兵四處找找，記著，千萬不要點火把，這裏面也許有一種追火的毒蟲子，被牠咬上一口就沒命了，可以用手電筒！」

齊遠大一句話提醒了苗君儒，有的墓室裏確實有一種火蜈蚣的蟲子，這種蟲子長期生活在墓室中，吸收了裏面的毒氣，變得奇毒無比，牠們沒有眼睛，憑著觸覺見火就撲，碰上活的動物就咬。

幾個手電筒的亮光朝苗君儒他們三個人的藏身之處照了過來，亮光又往別處照了過去，頓時墓室內傳出一陣驚歎聲。

傳來齊遠大的聲音：「想不到李元昊的陵墓竟然是一個地下皇宮，那上面寫的是真的，陵墓尚且如此，寶藏裏的財寶，不知道有多少啊！」

「老師，你來看，」李道明叫道：「這些人全都是玉石雕成的。」

「好輝煌的皇宮，好奢華的殉葬品，」齊遠大叫道：「每一尊玉石人像都是世間極品！」

蔡金林狂妄地大聲道：「你們倆只有看的份，這裏面的東西都是我的！你們老李家幾代人明算暗算，都算不過我，我調來一個連的人，就吃定你們了！」

李道明說道：「蔡老闆，不是說好有我們兩成的嗎？」

「兩成？」蔡金林哈哈大笑：「等你們有命活著離開，再和我談吧！」

「行！我們不要了，」李道明說道：「我們跟著看看總可以吧？」

齊遠大說道：「那上面說地宮一共有三層，這裏只是地宮的第一層，進入地宮的最下一層，才能找到通往寶藏的通道！只是這裏面機關重重，很難進去呀！」

苗君儒蹲在幾尊玉石像的後面，他的手扶著一尊玉石像，剛扶了一會兒，感覺渾身越來越沒有力氣，手很冰涼而且濕濕的，心中大駭，忙縮回手，見那尊玉石像上面赫然出現一個手掌印。

這倒奇怪了，玉石像怎麼會這麼軟，好像是冰一樣這麼容易化掉。而且扶著的人很快渾身癱軟無力。

林卿雲和林寶寶癱坐在地上，林寶寶有氣無力地說道：「老爸，我一點勁都沒有了！」

一些士兵聽到聲音，馬上搜尋了過來，幾隻手電筒同時照著他們三個人，一個士兵叫道：「他們在這裏！」

蔡金林走了過來，陰陽怪氣地說道：「苗教授，我一直想和你交個朋友，可是你就是不賞臉，還好我有一個和你關係好的姐夫，還有這麼一個懂事的外甥女，這件事你不願捲入都很難。」

苗君儒吃力地站起身：「其實真正控制林福平的人是你，每一次藏寶圖的出現，都有古董店的老闆死去，藏寶圖殺人不假，可是更多的人是被同行殺掉的，你們那麼做，只是想擴大自己的勢力，就像李老闆他們一樣。」

「人為財死，鳥為食亡，這是自古永恆不變的道理，」蔡金林說道：「我們做古董生意的，客人都是有錢有勢的人，哪一家不認識幾個高官？誰都想把生意做得最大，你不想法子對付別人，就會被別人吃掉。皓月軒能夠在琉璃廠堅持兩百多年，而且生意越做越大，靠的是什麼？」

苗君儒道：「想不到你們生意人爾虞我詐，為了利益，什麼事情都做得出來。」

蔡金林說道：「做生意的人，哪個人身上不背上幾條人命？他們老李家殺的人還少嗎？」

「蔡老闆，還記得鬼哭峽嗎？」苗君儒道：「看來你對這附近的地形很熟悉，應該不是第一次來吧？我在安西看到你後，一直都在想，藏寶圖先後出現了那麼多次，為什麼這一次連你也捲入了，當你帶我們經過鬼哭峽的時候，我才明白，原來你們一直都在處心積慮，在為最後得到寶藏做準備，因為你也知道，如果無法找到天宇石碑，就算有藏寶圖，也是廢紙一張。你的祖上估計早就見過它了，只是由於無法找到天宇石碑而選擇了放棄，但是你們並不甘心，多年來也在這些地方尋找相關的線索。剛開始，你只是關注這件事情的事態發展，並不熱衷此事，以為我們這次和以前那些尋寶的人一樣，都是有去無回，當你通過周輝留給你的信，知道我們拿到天宇石碑後，決定跟著我們來。我說得對吧？」

「一點都不錯，」蔡金林說道：「你還知道什麼？」

「林福平得到藏寶圖後，第一時間是和你商量，並告訴你那個管賬先生有問題，你也知道有很多人都想去尋寶，於是將計就計，要他找我幫忙。管賬先生發覺情況不對，並告訴了李子新，就在李子新要管賬先生把林福平殺掉，拿回藏寶圖的時候，林福平把圖交給他的兒子，並把那個和他在房間裏商量事情的人殺掉，換上他的衣服，他只要把那個人的臉上弄得血肉模糊，就沒有人懷疑了！事實也確實如此，連我都騙過了。」苗君儒道：「我想問他，被他殺死的人是誰，他為什麼要那麼做？其實他完全可以等我到他家的。」

「他就在上面，你可以去問他，」蔡金林說道：「可惜的是他現在已經死了。」

苗君儒問：「誰殺了他？」

「是你！」蔡金林說道：「你救走這個孩子之後，那個人把刀砍在他的脖子上了！」

苗君儒想起了李菊香的話，想不到冥冥之中，有些事情還真的是那樣。不知道她現在怎麼樣了，拓跋索達會輕易放過她嗎？她做出了這麼大的犧牲，可是最終寶藏落入了別人的手裏。

蔡金林說道：「苗教授，也許你不知道，李子衡從年輕的時候開始，就在做尋寶的夢，他和我一樣，也不打無把握的仗，為了研究那段歷史，他不惜把兒子送去念考古學，終於得到了齊教授的幫助，」他轉向齊遠大，接著說道：「齊教授，你多次打著學術研究的名義，和李道明一起到敦煌莫高窟查找相關的資料，一定是想知道李元昊皇陵中的秘密吧？你剛才說的那番話，我可都聽到了。這裏的人，除了你和李道明外，沒有人知道皇陵的地宮還有三層，這就是我不殺你們的原因。放心，在沒有找到寶藏之前，你們都不會死。」

齊遠大歎了一口氣，說道：「十年前，李道明畢業的時候，他的父親找到我，對我說了李元昊王陵與寶藏的事情，我研究過那段歷史，知道那是真的，因為大夏建國之前就對鄰國發動多次掠奪性的戰爭，搶走了許多財寶。李元昊死後，他的兒子即位，幾年後居然連軍費開支都困難，你們說那些財寶哪裏去了？肯定是隨他一同下葬了。有關元昊寶藏的資料，史書上也有一些記載，但是不詳細，近千年來，有很多人都想找到他的陵墓，可是挖出來的，都是假墓。據我所知，幾年前，馬鴻逵就想學孫殿英那樣發筆橫財，派了兩個營的兵力在這一帶尋找，可都沒有下落。蔡老闆，你的這一連人，恐怕也是他的軍隊吧？」

蔡金林說道：「這你可管不著，你們幾個人只要幫我找到寶藏，我絕不為難你們！」

苗君儒說道：「齊教授只是提醒你，幾年前，李子新幫孫殿英打開東陵，結果連命都差點賠上，你機關算盡，到頭來恐怕……」

他沒有繼續往下說，因為他看到蔡金林已經變了臉色。

蔡金林又何曾想不到這一點呢？他帶來的那些人，三兩下就損失掉了，自己都差點成了李子新的俘虜，若不是那一陣大風暴幫了他的忙，讓他帶著剩下的幾個人退回到安西，也不會想到動用他和西北軍的關係，和西北軍合作，調來一連人。

周輝和那個同學在那場風暴過後就不見了，但是已經告訴他，沿著北邊的鹽沼地向西，再向南，就可以到達只有一個老人的村莊，從那個村莊往西走一段路，就可以進入赤月峽谷了。在鹽沼地的邊上，他看到一匹剛倒斃不久的馬。找到這個村莊後，看見一間大屋子，裏面的火塘裏還有火，但是沒有一個人，院子裏還有一匹剛倒斃的馬。兩匹馬，兩個人。他懷疑周輝和那個同學兩個人先他一步到了這個村子，可是他們和這個屋裏的人都不見了，會去哪裏了呢？

他和那一連人在村子裏住下沒有多久，就聽到峽谷方向傳來槍聲，他們迅速埋伏了起來，結果等來了苗君儒和李子新這十幾個人。他以為還要過赤月峽谷，沒有想到所謂的王陵，居然就是在村子後面的那個大山坡下面。二十幾年來，他走遍了這一片地區，也到過那片鹽沼地，只是錯過了這裏。

「王連長，」他轉過頭去叫道：「上面留了多少個人？」

身材魁梧的王連長走過來道：「我留了一個排在上面，所有重武器都留在上面了，蔡老闆，這回真得感謝你，給兄弟我這麼一個升官發財的機會，我雖然是個粗人，可也看出這裏面的東西，樣樣都是寶貝呀！」

「這只是王陵的第一層，要想辦法到最下的一層，找到一條通往寶藏的通道，才能找到寶藏呀！」蔡金林說道。

「那是，那是，」王連長嘿嘿地笑著，雙手扯著腰間的皮袋，眼睛卻興奮地望著周圍的東西，「這方面你們是行家，我可就不參合了，等下我只管帶著我的人搬東西！」

他朝前面走過去，一邊走一邊說道：「這不是他媽的皇帝老兒的金鑾殿嗎？那上面的龍椅，我可要去坐坐，享受一下被大臣們朝拜的滋味！」

苗君儒看著王連長朝丹陛上走過去，忙叫道：「不要過去！」

王連長轉頭問：「你說什麼？」他的腳已經踩上了丹陛的第一層台階。

「有機關！」苗君儒說道：「這裏面肯定有很多機關！」

他說完這句話，就聽到幾聲細微的聲響，他看到王連長的臉上露出很痛苦的神色。

王連長一字一句地說：「你……他……媽的，怎……麼……不……

早……說……」

王連長滾落在地上，胸前出現幾支箭。兩個士兵想上前去拖他的屍體，剛走到他的身邊，黑暗中又傳來幾聲細微的響聲，兩個人的身上中了幾支箭，身體倒在地上。

一個排長模樣的人舉著盒子槍，衝到苗君儒面前，大叫道：「你他媽的怎麼不早說，害得我們連長白白送命，我他媽斃了你！」

他瞄準苗君儒，正要勾動扳機，被蔡金林托著手往上一抬。一聲槍響，子彈射了上去。

蔡金林說道：「下來的時候就對你們說過，下面可能會有機關，剛才點火把都死了好幾個人，你們不是沒有看到，龍椅是他想坐就能坐的嗎？他死了只能怪他自己命短，接下來你們小心點就是了，有命帶著東西活著離開這裏，我保你升官發財。他的死，我會向你們市長交代的。現在你們的人都聽我的！」

那個排長望著蔡金林，把槍收了起來，說道：「可是我們連長……」

蔡金林說道：「放心，我會把他弄上去的！要等苗教授他們破解了這裏面的機關後，大家才能夠開始搬東西！」

那個排長說道：「好吧，我聽你的！」

蔡金林轉向苗君儒，說道：「苗教授，辛苦你了，來人，給他一個手電筒！」

一個士兵把手中的長柄電筒遞給苗君儒。他拿著手電筒朝王連長那邊照了一下，從王連長和那兩個士兵屍體上中箭的部位看，箭是從龍椅方向射出來的，機關一定是在他們的腳下。

「把你身上的繩子給我！」他見那個士兵腰上纏著一圈繩子，便要了過來，打成一個套環套了過去，套住了王連長的屍體，扯了過來。

王連長的身上中了四支箭，每一支都透胸而過，射出的力道非常強。王連長剛死還沒幾分鐘，可是臉上已經有了一層黑色的屍斑。正常人死後幾個小時，屍斑才會出現，而且臉上不會這麼黑。

「好毒的箭，難怪他中箭後那麼快就死掉！」苗君儒說道，他從屍體上拔出一支箭，見箭頭烏黑，顯然沾有劇毒。這支箭比一般的箭要短一些，是弩箭，難怪射出後有那麼強的力道。

他把身體貼在地上，從背包裏拿出一個小錘子，輕輕朝石板上敲擊著，根據聲音來判斷石板下面有沒有機關。

往前爬了一段路，來到王連長中箭的地方，在士兵的屍體旁邊，他聽到一塊石板下面傳來空洞的聲音。從背包中拿出一片薄刀，插入縫隙，輕輕將石板抬了起來。石板下面有類似翹翹板一樣的裝置，只要人踩上去，石板下陷，啟動機關，安置在另一邊的弩箭就射出來了。

從剛才王連長走過去的情況看，他應該沒有踩中這處機關，不然也不可能踏上丹陛的第一層台階。

也許丹陛的第一層台階上也有這樣的機關，苗君儒敲了敲旁邊的幾塊石板，都沒有異常的聲音，他爬到丹陛的下面，剛要去敲丹陛的第一層台階，眼前覺得亮光一閃，額頭頓時冒出一陣冷汗。

他拿著小錘子的右手僵在半空中，望著眼前的這條細線。這是一條精心佈置的絆索，是由牛筋製成。牛筋是黃色的，與周圍的顏色渾然成為一體，如果不是牛筋的表面被手電筒的亮光反射了一下，他還真沒有注意到。他右手的小錘子已經觸到了這條牛筋絆索，只要稍微用力，就觸動機關了。

古人設置的機關，不外乎腳下、牆壁、門上、物體上等這些地方，用這種絆索做機關的，還是很少見。

他沒有剪牛筋絆索，而是沿著絆索向左邊爬去。在丹陛下方的左右兩側，各有一座兩米多高的鎏金銅鼎，絆索的兩端就穿過銅鼎的一隻腳。

他爬到銅鼎下，見絆索穿進了銅鼎的那支腳內，如果冒然剪斷的話，不知道會引發什麼樣的機關。有的機關是雙重性的，同時控制著其他的幾個機關。

如果不剪斷的話，萬一被人不小心碰上，就麻煩了。他叫那些士兵再丟一根繩子過來，拿到繩子後，輕輕在絆索上綁住鉗子並退了回去，招手要大家蹲下來，他躲到兩尊玉石雕像的後面，齊遠大他們見他那樣，也跟著躲在玉石雕像的後面。

苗君儒一拉繩子，聽到了一聲細響，是鉗子剪斷絆索的聲音，緊接著，大家聽到了一陣連續不斷「嗖嗖」的羽箭穿空聲，同時傳來了幾聲悶哼以及有人倒在地上的聲音。

苗君儒剛想探出頭去看，「突」的一下，一支羽箭擦著他的頭頂射到玉石雕像上，落在了地下。林寶寶要去撿，被林卿雲制止，她怕他中箭上的毒。

等到聽不著羽箭穿空的聲音，苗君儒才抬起頭，見地上躺了幾具士兵的屍體。丹陛下面的機關破了，不知道上面還有沒有。他正要走出去，耳邊又聽到風響，忙蹲下身體，可惜已經遲了，一隻羽箭已經當胸射到。

他暗叫一聲：完了！胸前傳來一陣細微的疼痛。這些弩箭上有劇毒，不要說射中，就是被擦傷，也有生命危險。

他蹲了下來，聽到有東西掉在地上的聲音，低頭一看，是幾片白色的玉片，他的胸前原本掛著兩塊玉，一塊是他自己祖傳的，另一塊就是仁德皇帝給他的。

他扯開衣服，見自己祖傳的玉佩還在，碎落在地上的，是仁德皇帝給他的那塊。和碎玉掉在一起的，是那支射向他胸口的弩箭。

弩箭射在玉牌上，是玉牌救了他一命，可惜了這塊玉牌，它的碎裂，是否暗示著西夏王朝徹底在地球上消失呢？

這次從北平出來，他已經數次遇到這樣的情況了，每次都是命懸一線。

過了好一陣子，完全聽不到羽箭射出的聲音了，才陸續有人從玉石雕像後面試探性的走出來。地上已經躺了十幾具屍體，都是那些士兵。

「應該還有機關，」齊遠大說道：「這麼大的墓室內，不可能只有一兩個機關。」

苗君儒說道：「齊教授研究了那麼久，找到了那麼多資料，你對墓室內的情況應該不陌生吧？」

齊遠大說道：「我是在一本小冊子上看到的，只有短短的那麼幾句，就知道第一層是皇宮，第二層是內宮，第三層才是地宮，至於裏面的構造，根本無從知道，更不要說是機關了。」

苗君儒用手電筒朝四周照了一下，說道：「那上面沒有說怎麼樣才能到達下面的那一層嗎？」

「沒有！」齊遠大說道：「上下肯定是互通的！我懷疑通道在龍椅那邊。」

「那就有勞你了，要工具的話，我這裏有！」苗君儒說道：「在戶外考古，你的實際經驗並不比我差。考古界不是說我們是南齊北苗嗎？我已經破了兩道機關，該輪到你了。」

他說完後，坐在了地上，對林寶寶說道：「跟著你姐姐，這裏面的東西千萬不要亂碰，會死人的。」

「知道了，老爸！」林寶寶做了一個怪臉，問道：「為什麼我和姐姐碰到這些人的時候，渾身就沒勁了呢？」

這是一個無法回答的問題，很多自然現象都無法得到科學的解釋。苗君儒摸了摸林寶寶的頭：「我沒有辦法回答你，等你長大了，也許能夠知道答案。」

齊遠大來到丹陛右下方的鎏金銅鼎旁，仔細地觀察銅鼎。接著走上丹陛的第三層台階，用工具撬出了一塊地板，上完台階後，過了龍案，他蹲下身體，在龍椅的四周仔細敲擊著，兩分鐘後，他站起身，叫道：「苗教授，我猜得一點都沒有錯，龍椅下面是空的！」

「走，過去幾個人，把龍椅給我抬過來！」那個排長大聲說。

齊遠大叫道：「你們過來的時候小心點，注意腳下！」

那幾個士兵也不敢亂來，照著齊遠大剛才走過的路，來到龍椅的旁邊。

在齊遠大的指揮下，把龍椅抬了起來，龍椅一抬開，露出一個黑黑的洞口，一股黑氣往上沖了出來，齊遠大早有防備，退到了一旁，等黑氣散盡後，他用手電筒往下照了照，見有台階順勢向下，台階只有二十幾級，下面的洞壁上隱隱還有一扇門，本想點一支火把丟下去看看下面的情況，但卻不敢點火。這座墓室裏的火螟蛉可不是好惹的。

密封近千年的地方，裏面的空氣中肯定有毒，齊遠大也不急於叫人下去，而是乾脆走開，來到苗君儒的面前，他正要說道，突然聽到背後傳來幾聲慘叫。

大家一齊望去，見那幾個抬著龍椅的士兵已經踉蹌著倒地，倒地後不斷發出哀號。他中的不是羽箭，而是龍椅上的毒。龍椅從丹陛上面滾下來，並未有半點損壞，但是那幾個士兵的手，卻在眾人的眼前迅速腐爛，露出了白森森的骨頭。

不斷有血肉從他們的手上掉下來，腐爛在向他們的手臂上延續。那個排長從身上拔出馬刀，「嚓嚓」兩下把一個士兵的雙手齊臂砍斷。那個士兵頓時暈死過去，落在地上的兩支斷手，轉眼間爛成了枯骨。

好厲害的毒！

另外幾個士兵的手也被砍斷，沒有手總比沒有命好。已經有人用急救包把那幾個士兵的斷手處包紮了起來。

「苗教授，想不到這裏面有這麼多致命的東西，幸虧我剛才沒有碰到龍椅，」齊遠大心有餘悸地說。

蔡金林對那個排長說道：「就算你們連長不被箭射死，也逃不過這一劫，這張龍椅連碰都碰不得，更別說坐在上面了；等下你們搬動後面那張屏風的時候，千萬不要碰。」

經歷了這兩件事，大家都學乖了，幾個士兵用繩子把龍椅捆起來，拖著走。

齊遠大正要和苗君儒商量下一步怎麼辦，旁邊傳來吵雜聲，他們轉頭望去，見一些士兵已經把這些玉石雕像用繩子吊上去。洞口的上方有不少人，正在往上扯繩子。槍聲仍在繼續。

幾個士兵在搬運一尊玉石雕像，身體越來越軟，最後幾個人連同雕像一起摔倒在地上。雕像落在地上後碎開，從裏面掉出一個人來。

一個士兵叫道：「是個活人！」

苗君儒他們幾個人走過去，在電筒的光線下，見那個從碎裂的玉石像中掉出來的人，面目栩栩如生，身上的肌膚跟常人沒有兩樣，看上去就像一個熟睡中的人。不同的是，這個人渾身赤裸，身上沒有穿半點衣服。

一個士兵用手中槍戳了一下，見這個人的肌膚還很有彈性。

苗君儒和齊遠大相互望了一眼，同時說道：「玉石封殭！」

第七章

駭人聽聞的玉石封殭

苗君儒看到地上的屍體漸漸起了變化。
皮膚逐漸變黑萎縮下去，頭髮也迅速乾枯，變得灰白，
吃驚的是，屍體的身上長出了一層白毛，
尤其是手上，長長的指甲變黑，滿手長滿了白毛。
這一切變化，和民間傳說中的殭屍沒有兩樣。

「玉石封殭」是古代一種很殘忍的人殉，製作這種人殉的工藝也非常簡單，但是所用的藥物配方卻非常複雜。就是把玉石事先磨成粉，用東西調成糊狀；將需要殉葬的人脫光衣服，餵入一種特殊的藥物，讓那個人處於昏死狀態。再用玉石糊把這個人包裹起來，等乾了之後再進行雕刻。這樣，一尊「玉石封殭」就完成了。

據說玉石中的人可以保持千年不腐，是一具被咒語和藥物控制的殭屍，一旦脫身出來，便可以變成墓葬裏的衛士，殺死進入墓葬的每一個人。

在十八世紀，英國的探險家們最先在印度的某些地區發現這種人殉，經鑒定，已經有兩千多年的歷史，比非洲的木乃伊要晚一些。這種技術是隨佛教傳入中國的，在漢代還風靡了一陣子，但是由於要用活人製作，過於殘忍，後來就用死人，漢朝末年漸漸被擯棄了。

苗君儒他們在考古的時候，在漢代的墓葬中，發現過類似的「玉石封殭」，敲碎玉石後，裏面的人都已經腐爛，變成了一堆枯骨，不再是殭屍。據史料記載，這種工藝在隋朝初年就已經失傳了，之後挖掘出來的歷代大墓葬，都未發現這種東西。

想不到李元昊的王陵裏還有這種東西，而且封在裏面的人，歷經千年，居然跟活人一樣。

當時製造「玉石封殭」的時候，是怎麼弄到那早已經失傳的工藝的？苗君儒想到：難道西夏人在佛經裏發現了這種製作工藝？

蔡金林問：「什麼是玉石封殭？」

齊遠大說道：「你也看到了，就是被玉石封住的殭屍！」

「可他並不僵呀！」剛才用槍戳了一下的那個士兵說。

在他們說話的時候，苗君儒看到地上的屍體漸漸起了變化。皮膚逐漸變黑並萎縮下去，貫在頭頂的頭髮原本還泛著黑色的光澤，也迅速乾枯，變得灰白，讓大家吃驚的是，屍體的身上長出了一層白毛，尤其是手上，長長的指甲變黑，滿手長滿了白毛。

這一切變化，和民間傳說中的殭屍沒有兩樣。那些士兵也嚇得退後，一個個舉起手中的槍。

「這具殭屍該不會跳起來吃人吧？」蔡金林說道：「對付殭屍最好的辦法就是用火，點火一燒他就變成灰了！」

可是在墓室之內，誰敢點火？

蔡金林對那個排長說道：「叫上面的人把那兩桶汽油拿下來。」

上面傳來「咚咚」的聲音，好像有什麼沉重的東西落在地上，整個墓室內都幾乎跟著震動起來。

「連長，連長！」上面的人在洞口叫道：「那些人不知道用什麼東西，把大塊大塊的石頭飛過來了，我們頂不住了！」

是古代攻城用的投石機，苗君儒已經想到了，拓跋索達見這邊的武器太厲害，便拿來了投石機。這種投石機能夠把幾十上百斤的大石頭，投出幾百米遠。那些西夏武士躲在士兵們的射程之外發動這種攻擊，倒是聰明之舉。

用不了多久，上面的那一排人，很快就會被擊潰。

「媽的，你們不知道開槍嗎？」那個排長叫道。

上面的人回答：「距離太遠，我們開槍打不到他們！」

那個排長叫道：「他們用石頭打你們，你們不知道用小炮轟他們嗎？我不管你們上面的情況怎麼樣，想辦法給我頂住。」

「殭屍呀！」隨著一聲驚喊，墓室內槍聲大作。苗君儒見那具殭屍不知什麼時候已經站立了起來，旁邊的士兵紛紛開槍射擊。子彈射入殭屍體內，發出「撲撲」的聲音。

殭屍的身體被打成了蜂窩狀，但是依然站立著，並慢慢轉身，朝最近的一個士兵撲過去。那個士兵嚇得大叫，腳下一軟，連滾帶爬地跑開。

殭屍的行動速度很緩慢，要不然的話，那個士兵早已經被抓住了。

齊遠大的聲音打顫：「要不是親眼所見，我還真的不相信，殭屍居然能像活人一樣走路，很多民間傳言都是真的！」

「我相信民間傳言，」苗君儒說道：「民間對付殭屍的方法有很多種，你認為哪一種好呢？」

「對付殭屍，我一點辦法都沒有，你會嗎？」齊遠大問。

「和你一樣，我不會，」苗君儒說道：「要是趙二沒有死，也許會有辦法！他是幹盜墓的，應該知道怎麼樣對付殭屍。」

「要是我叔叔下來就好了！」李道明說道：「他也應該知道。」

「你叔叔呢？」苗君儒問：「在上面的時候，他不是和你們在一起的嗎？」

「原先是和我們在一起的，可是你救了那個小孩子後，他就不見了，我們也不知道是怎麼回事，生不見人死不見屍，」李道明說道：「我還以為他跟你們一起掉下來了呢！」

李子新離奇失蹤，確實有些令人不可思議。

那具殭屍並不畏槍彈，在士兵們的射擊中，雙手平伸著，一步一步向前走。

「老爸，老爸，他們要出來了！」林寶寶叫道。

林卿雲也驚叫起來：「苗老師，這些石像裏的人，全都……」

不用她再說，大家已經看到了。一尊尊的玉石雕像自動碎裂開來，就像蟬蛹破殼一樣，從裏面走出一具具的殭屍。與第一具殭屍一樣，剛出來的時候，他們跟一個活人沒有兩樣，可沒過多久，就變成了乾屍。

這麼多士兵都無法對付一具殭屍，一下子出現那麼多具殭屍，怎麼應付得過來呢？殭屍的行動速度雖然慢，但卻一步步地向人們逼了過來，有幾個躲避不及的士兵，已經被殭屍抓住。慘叫聲中，那幾個士兵的肉被一塊塊地撕扯下來，鮮血頓時狂射出來。一個活生生的人，轉眼間便被撕成了碎片。

那些殭屍大口大口地吃著人肉，吃得津津有味，彷彿是世上最美味的佳餚。一具殭屍拿著一個士兵的手臂，一下一下地啃著，還不時抬頭來看周圍的人，嘴角邊不斷往下流著鮮血，臉上彷彿還閃過一抹詭異的微笑。

士兵們大叫著，爭先恐後地抓著洞口垂下來的繩子往上爬，不少人掉到水潭裏，掙扎幾下後沉了下去。

林卿雲和林寶寶嚇得躲在苗君儒的身後，他們站在大殿的中間，如果那些殭屍要攻擊他們的話，他們根本沒路可逃。

奇怪的是，那些殭屍似乎有點畏懼苗君儒，並不向他們這邊走過來，而是向那些士兵一步步逼過去。

苗君儒胸前的佛珠又放射出一道金黃色的佛光，佛光罩住了他身邊的幾個人。那些殭屍非常畏懼佛光，全都往後退了回去。

蔡金林看到這景象，忙上前，想奪走苗君儒胸前的佛珠。

「你不想死的話就別動，」苗君儒叫道：「這串佛珠是一位得道高僧送給我的，你沒有佛緣和慧根，拿去也沒有用！」

聽苗君儒這麼說，蔡金林不敢動了，驚恐地看著那些殭屍，低聲道：「我們怎麼辦？」

還能怎麼辦，有佛光罩著，暫時沒有生命危險，但也不是辦法，被這些殭屍困住，就是困也困死了。苗君儒看著那些殭屍，腦海中思索著對策。

他聽一個盜墓人說過，死人之所以變成殭屍，是因為人死的時候，喉嚨內還有一口氣，古代有的盜墓人在遇到殭屍後，如果實在沒有辦法對付，就趁殭屍不注意的情況下，口對口的把那口氣給吸出來。殭屍沒有氣，就變成死屍了。

要人跟殭屍接吻，說有多噁心就有多噁心，何況萬一給殭屍抓住，咬上一口，也就玩完了。

他看看這些殭屍雖然渾身赤裸，但是腳上卻穿著黑色的牛皮官靴，這種牛皮官靴也與古代那些官靴不同，底跟很厚。

每一具殭屍在走動的時候，腳步都是在地板上平移的，一下一下地走，似乎很有規律。

他不相信世界上真的會有吃人的殭屍，也許問題就出在殭屍腳上的牛皮官靴裏。他從工具包中拿出指北針，見上面的指針轉動得異常。

「想辦法摔倒一具殭屍，脫下他腳下的靴子，」苗君儒說道。

「你懷疑他們腳下的靴子有問題？」齊遠大問。

李道明說道：「你看那些士兵，恨不得長翅膀飛上去，膽子都快嚇破了，誰還有膽量去抓殭屍呀？」

「我去！」站在他們旁邊的那個排長說：「是不是把殭屍按倒後，脫下靴子就行了？」

苗君儒說道：「是的，你千萬要注意安全。」

丹陛下面的文武大臣向那些士兵逼過去，但是丹陛上面的八位宮女卻落了單，那幾個宮女只在丹陛上面來回走動，並不下來。

那個排長小心地走上台階，用了一個掃蹚腿，把一個宮女掃落在地，用手扯著那個宮女的一隻手，從上面拖了下來，到下面後，將宮女俯面推倒在地上，一腳踏在宮女的背上，雙手同時將宮女腳上的靴子脫了下來。這幾下乾淨利索，沒有一定的武術功底，很難辦到。

奇怪的是，那宮女被脫掉靴子後，便不再掙扎。

那排長拿著兩隻靴子，來到苗君儒面前，說道：「想不到這雙靴子倒挺重的！」

「你叫什麼？」苗君儒問。

「我姓程，當兵的人無名，就叫我程排長吧，」程排長說道：「剛才實在多有冒犯！」

「他是你的連長呀！」苗君儒說道：「換了別人也會這樣的！」

西夏國的女性並不裹腳，所以她們的腳幾乎和男人一樣大。苗君儒拿著兩雙靴子，幾下撕開，看到了裏面兩塊黑色的石板。

他從工具包中拿出小鐵錘，剛一湊上去就被吸住，是磁石。

那些士兵已經被殭屍逼到了水塘邊上，打完了槍裏的子彈後，膽子大的士兵揮起了槍托，朝那些殭屍身上狠砸。這一砸還砸出了效果，有的殭屍頭部被砸掉，定在那裏不動了。

蛇無頭必死，殭屍無頭也一樣。脖子一斷，喉嚨內的那股氣散掉了，自然就失去了戾氣，成了真正的死屍。其他的士兵見這方法有效，紛紛效仿，兩三個人一組，背靠著背，與撲過來的殭屍對抗著。

齊遠大問：「這磁石是怎麼回事？」

「我們的腳下應該有一塊大磁石，是控制這些殭屍的，」苗君儒說道：「我們進來後，打亂了這裏的磁場，殭屍腳底下的磁石感應到了後，就會打破包裹在身上的玉石，出來後對人發起攻擊！這就是仁德皇帝對我說的驚動了地下的亡靈！」

由於士兵的人數太少，相對來說槍支較短，兩三次擊不中，就有可能被殭屍抓住，撕成碎片。

蔡金林對李道明叫道：「你們不是去尋找天師神劍的嗎？有天師神劍在，就可以對付這些殭屍了！」

李道明說道：「可是我們沒有找到！」

「走，我們過去！」苗君儒說道。李菊香帶他去拿天師神劍，肯定是有很大用途的，現在那把劍掉到了水塘裏，只有下去摸上來。

他們幾個人來到水塘邊，那些殭屍見到佛光，紛紛退去。墓室內一股很濃的血腥味，最起碼有十幾個士兵喪命在殭屍的手下，地上流淌著鮮紅的血和一根根啃得沒有了肉的骨頭。

苗君儒想下水去撈那把劍，可是他一下水，佛光會消失，那些殭屍又會撲上來。

「苗老師，我下去撈！」林卿雲說道。她從地上撿起一個手電筒，身體一縱，已經跳到了水塘中，苗君儒想要制止，已經遲了。

林卿雲是憋著一口氣跳到水裏的，下水後迅速向下游去。水塘不大，但卻比較深，下潛到七八米的時候，她睜開了眼睛，看見水質還很清，手電筒的光線射出並不遠，越往下，周圍的空間變得越大，好像是一個倒著的喇叭口，四周都是一層層砌成的石壁，隱隱看到左邊還有一個洞口。

她從小就精通水性，潛水時間可以長達好幾分鐘。水中漂浮著好幾具士兵的屍體，這些屍體一個個眼睛暴凸，臉上的肌肉扭曲著，都是驚恐後失足落水嗆死的。

又往下潛了十幾米，終於看到了那把躺在淤泥中的劍，劍在水中，微微放射出毫光。她游過去，把劍抓在手裏。

這時，她突然感覺到身邊的水一陣湧動，隨著水勢的來源望去，見一條黑呼呼的大魚向她衝了過來，大魚的頭部很大，面容兇惡，身上覆蓋著黑色的鱗片，魚腹下面還有兩條腿，樣子與一種她在學校圖書館裏見過的史前魚類極為相似。

大魚衝到她的面前，張開大口，露出兩排尖利的牙齒，對著她的左腿，一口咬下。

她吃了一驚，忙縮回腿，堪堪避過大魚的攻擊。手中的劍往前一送，刺入了大魚的右眼，水中頓時泛起一陣煙霧狀的水暈，那是魚眼中流出的血。大魚吃痛，尾巴一甩，撞在她的身上，幾乎要將她撞暈。

她強忍著不適，打算防範大魚的下一次攻擊，但已經感覺到呼吸困難，忙不顧一切的向上面衝去。

另一條黑影從側面向她衝過來，她見狀，忙將身體往旁邊一扭，丟掉手中的電筒，雙手持劍，向那條魚捅過去。同時身體縮成一團，借用反衝力向水面彈去。

劍尖刺入大魚的頭部，她的身體被大魚頂著，向水面上衝去。如果不是借用大魚的衝力，讓她自已游的話，估計很難游到水面。本來依她的潛水能力，這麼深的水，一上一下剛剛好，可是在水中被第一條魚糾纏了一下，耽誤了時間，如果不及時上水面的話，她會被淹死。還好第二條魚幫了她一個大忙。

臨近水面的時候，她用力拔出劍，右腳趁機在魚鰐上踏上一腳，借用反衝力衝出了水面。

苗君儒見林卿雲下去了那麼久，正擔心著，見一個人衝出了水面。

林卿雲喘了一口氣，把劍丟了上去，叫道：「苗老師，接劍！」

她喘了幾口氣，說道：「水裏有吃人的大魚！」接著奮力往岸邊游來。

苗君儒接過劍，看到水下有一個簸箕大的東西冒上水面，忙從旁邊的排長腰間拔出手槍，朝那東西連開數槍，水面上頓時滲開一汪黑血。一條黑色的大魚在水面上現了一下後，很快沉了下去。

趁著這檔兒，林卿雲爬了上來，她的衣服全濕透了，緊貼在身上，呈現出曼妙的身材來。李道明等幾個人眼睛一眨不眨地盯著她看。見此情形，林卿雲的臉色頓時變得緋紅，苗君儒忙脫下外套給她披上。

「好一把天師神劍，」蔡金林由衷地贊道。

此時苗君儒手中的天師神劍，並不是劍，而是一道被他握在手中的金黃色神光，由劍身上放射出來的神光，刺得眾人的眼睛發花。他拿著劍，衝入了殭屍之中，左劈右撩，如亂刀切菜一般。那些殭屍碰著就死，沾上就亡。沒有多久，地上就積了一大堆殭屍的殘肢斷臂。上百具殭屍，就這麼被他用天師神劍消除得乾乾淨淨，只剩下丹陛上面的七個宮女。

齊遠大上前扯住苗君儒，說道：「苗教授，留著那幾具，帶出去後一定能驚動全世界！」

中西方的民間傳說裏面，所謂的殭屍都是能夠像活人一樣自由走動的，以吸血吃人為主。但是在考古領域，雖然有殭屍的著作與研究課題，可是用來做標本的殭屍，都是躺在棺材裏，不能動的那種。

如果拿出去一具能夠像活人那樣的殭屍，確實可以震動全世界。

「程排長，」齊遠大說道：「能夠麻煩你幫忙抓住那幾具女殭屍嗎？」

程排長說道：「你要的是動的殭屍，剛才的那具女殭屍，我一把她的鞋子脫下來後，就不動了，抓住也沒有用。」

苗君儒說道：「這些殭屍要穿著這種特製的鞋才行，用磁場來控制他們體內的氣，失去了氣的引導，他們就是不能動的死屍，帶出去也沒有用，你也看到了，他們從玉石裏出來的時候，跟活人一樣，很快就變得那樣子，從這裏到上海那麼遠，就算你抓到一個送出去，還沒有等運到中途，就腐爛了！」

聽苗君儒說的話有理，齊遠大只得作罷，事實也確實如此，他以前在挖開一些古代墓葬的時候，發現了裏面的一些絲織衣物，顏色亮麗如新，就像剛織出來的一樣，可是還沒等運回去，半路上這些具有很高研究價值的珍貴文物，就變成了一堆破絮，沒有了任何價值。他戀戀不捨地朝那幾具女殭屍望了一眼，說道：「苗教授，你覺不覺得這皇宮裏面，好像少了點什麼東西？」

苗君儒早就已經看出來了，既然有滿朝的文武大臣，為什麼沒有坐在龍椅上的皇帝呢？那幾個士兵搬下來的龍椅，還被繩子捆在一邊，沒有來得及吊上去。

見下面的殭屍被除掉了，那些爬了上去的士兵，又陸續爬了下來，他們不敢亂動，一個個看著程排長。

苗君儒一步步走上丹陛，揮劍猛劈，七個宮女殭屍也都相繼除掉。他站在龍案邊，見這座金絲楠木龍案的做工很精巧，雕刻的花紋很別致，極具皇家特色。和龍椅一樣，這張龍案上什麼東西都沒有。

他手中天師神劍上的神光漸漸暗淡下來，看上去和一把普通的劍沒有什麼兩樣。他看到了原先安放龍椅的地方，露出了一個洞口。用電筒朝洞口照了一下，看到一層層的台階。

齊遠大在下面說道：「那個洞口應該就是通到下面去的！」

洞口是向下延伸的，應該是通到下一層去的。苗君儒想到：這麼容易就找到通往下一層去的通道，似乎讓人有點不敢相信。

程排長已經命人把龍椅吊了上去，並帶了幾個士兵，跟在苗君儒的身後，想要去搬龍椅後面的屏風。屏風上那些寶石發出的星星點點亮光，早就讓他們心動不已了。

有了龍椅的前車之鑒，士兵們不敢用手去碰屏風，幾個人用繩子穿過屏風的空縫，慢慢將屏風抬了起來。站在裏面的一個士兵驚叫起來：「這裏面有人！」

他說話的時候，屏風已經被移動，從屏風後面噴出一道水柱，射在屏風上飛濺開來，站在屏風邊上的幾個士兵被濺到，發出撕心裂肺的慘號。

幾滴水落在苗君儒的腳邊，發出「滋滋」的聲音，並冒出一股白煙，像落在地上的濃硫酸。

那幾個士兵用手抓著被濺上水的地方，沒有幾下便抓得鮮血淋漓，他們並不停手，一邊慘叫著，一邊用力地抓，有兩個已經抓到了骨頭，把自己身上的肉一塊一塊地扯下來，鮮血流到地上，積了一大灘。

這是一種特製的，極具腐蝕性的毒水，是用來對付盜墓者的。被這種水濺上後，既痛入骨髓，又奇癢難當，毒素沿著血液向全身滲透，最終把自己全身的肉都抓爛，死狀很恐怖。

程排長見狀，拔出手槍，朝每個士兵的頭上開了一槍，他這麼做，是想儘早替那幾個士兵解脫痛苦。

眼看著這幾個士兵的慘狀，其他人都不敢上前了。

苗君儒聽到一個士兵叫屏風後面有人，不知是什麼人。他慢慢地移到屏風旁，見屏風的後面有一張臥榻，臥榻上仰面朝天地躺著一個人。在臥榻的四周，點著七盞用黑布罩著的燈。

那些燈雖用黑布罩著，但仍有光線透出，若不是屏風上的寶石被電筒光照射後閃閃發光，他定可以發現屏風後面的光源。

臥榻是黑色的，不像木製，而像一整塊黑色的玉石。

苗君儒上前幾步，他手中雖有天師神劍，仍不敢離那個人太近。他用手電筒在那個人的身上照了一下，見那個人臉色圓潤，眼睛微微閉著，上面好像敷了一層眼膜，鼻子和耳朵也被東西緊塞著。看上去年紀並不大，也就二十歲出頭的樣子，完全和一個睡著了的人一樣，不同的是他穿著一身西夏帝王的服飾，頭上戴著金冠，右手還拿著一塊上朝用的玉圭。

李元昊死的時候，年紀已經四十六歲，絕不可能這麼年輕。而且他的棺柩應該在最下一層，怎麼隨便放在這裏呢？

古代君臣之間的禮法是非常嚴的，只有皇家的人才能穿皇家的服飾，但是帝王的服飾，只有登上帝位的人可以穿。這個死了近千年的人，到底是誰呢？誰有權力死後葬在李元昊的陵墓中，而且能夠穿著這樣的服飾？

那些包裹在玉石中的「玉石封殭」，離開玉石後幾分鐘就發生了變化。

可是臥榻上的這個人，就這麼曝露在空氣中，不但保持千年不腐，而且如此栩栩如生。簡直就是奇蹟。還有那七盞燈，燃燒了上千年，居然也不滅。

一些關於古代奇門術數的書籍上，也有講述屍體千年不腐的製作，說是能夠保持屍體千年不腐，而且面若生人，但是製作工藝早已經失傳。從「玉石封殭」到這具千年不腐之屍，西夏國究竟還有多少不為人知的秘密？

蔡金林他們幾個人見苗君儒站在屏風邊朝裏面看著，也不知道裏面到底是一個什麼樣的人，在他們的心裏，站在丹陛下面還沒有站在苗君儒身邊安全。他們上了丹陛來到苗君儒的身後。

蔡金林第一個看到屏風後面的情形，驚道：「七星封屍陣！」

苗君儒聽到蔡金林說出那五個字，立即想起了幾年前一個盜墓人對他說過的話。那個人說的七星封屍陣，就是利用天上的北斗七星，配上道術，鎮住死人的魂魄，讓其無法超生。

臥榻前的那七盞燈，叫鎮魂燈，呈北斗七星狀排列，分別代表「天樞、天璇、天璣、天權、玉衡、開陽、瑤光」七星，寓意人生的「生、老、病、死、愛、恨、癡」。

按「七星封屍陣」的說法，就是在人還沒有死的時候，就用符水封住那個人的眼、耳、鼻、口七竅。相傳人死之後，魂魄會大多陸續從七竅循走，進入地府投胎。如果在人未死之時，用符水封住這七竅，則會將人的魂魄永遠的禁錮於體內，永世不得超生。這樣，那屍體縱然是死，但是魂魄尚在體內，只是目不能視，耳不能聽，口不能言，這還不算，每當雷電交加之夜，這七盞鎮魂燈，就會借雷電之力折磨死者，電劈火燒，殘忍之至。

假若不是罪大惡極，或是人人痛恨之人，又有誰會使用這種邪惡的陣法，讓他永世不得超生，還要遭受這種罪呢？

苗君儒想到了那個殺死李元昊的太子寧林格，寧林格是儲君，是未來的皇上，只有他有資格穿那身帝王的服飾，他的弒父之舉，雖然出於無奈，但為常理不容，算得上是一個罪大惡極之人。

史料上記載寧林格在殺死父親李元昊之後，沒有多久便被冠以「忤逆之罪」殺掉了。至於他死後被埋在什麼地方，並沒有記載。

他問蔡金林，「你認得這種陣，一定知道破解之法，是不是？」

蔡金林說道：「布下這個陣的人有很高的道法，並不是一般人能夠破解的！」

會道法的人一般都是道士，李元昊死之前，道宣子就已經死了，寧林格派人燒了道觀，殺死道人，布下這個陣的人，除了道宣子的弟子外，還能是什麼人呢？

寧林格生前的本性並不壞，他殺李元昊，也是為了保全他自己。都已經死那麼多年了，為什麼還要他受這份罪呢？

苗君儒說道：「我不管佈陣的人道法有多高，我是想你教我怎麼破這個陣！」

蔡金林想了一下，說道：「破陣的方法有很多種，首先是要把那七盞鎮魂燈撲滅，你小心那上面的機關呀！」

「其次呢？」苗君儒問。

蔡金林說道：「其次用黑狗血將他的渾身上下洗一遍，除去施在他身上的咒語，並將堵住他七竅的東西拿掉，讓他的魂魄從身體裏面出來，回歸地府，就行了；如果沒有黑狗血，也可以用童子血代替，可是這幾樣事情說起來容易做起來很難，撲滅鎮魂燈的時候，如果稍有差池，鎮魂燈會反過來把你的魂魄給吸掉，還有，用黑狗血擦他全身的時候，每一處地方都要擦到，如果有一處遺漏，他就會變成殭屍王，恐怕你手上的天師神劍，都對他無可奈何，我們這些人，全會死在他的手裏。」

齊遠大說道：「沒有這麼邪門吧，有這麼厲害的道術嗎？」

蔡金林冷冷道：「你不信的話，上去試試？」

齊遠大當然不敢上前，他雖是考古學的專家，但是對於流傳在民間的一些道術和巫術，也有所聞，其神奇之處，根本無法解釋。他只是覺得蔡金林說得太玄了，才冒出那句不相信的話來。苗君儒手上的是天師神劍，用道家的話講，具有無上的法力，怎麼會對付不了殭屍呢？

他說道：「苗教授手上的可是天師神劍呀，剛才大家都看到了，那些殭屍沒有不怕的！」

蔡金林說道：「天師神劍具有非凡的法力，按道理可以對付殭屍王，可是苗教授不會法術，無法運用神劍上的法力，就好比把一把槍交給一個小孩一樣，槍很厲害，可是小孩不會用！」

蔡金林的話確實有道理，齊遠大頓時不吭聲了。

李道明說道：「那就沒有辦法對付殭屍王了嗎？」

蔡金林說道：「是的，所以最好不要去動他！」

聽蔡金林這麼說，苗君儒打消了破解這個七星封屍陣的想法，他轉身正要離開，不料腳下絆到一根繩子。繩子是那幾個士兵穿著屏風的，被他這麼一絆，一塊屏風突然脫落，落在一盞燈上，將燈打翻在地，頓時滅了。

蔡金林大驚失色，叫道：「不好！」

「怎麼不好？」苗君儒問。

蔡金林的臉上盡是驚恐之色，說道：「有一盞鎮魂燈因你而滅，剩下六盞，無形之間已經破了『七星封屍陣』，你必須儘快把另外的六盞撲滅，否則陣法一轉，無法控制被封在死屍體內的戾氣，立刻轉為魔性，他馬上就會變成半人半魔的怪物，比殭屍王還厲害！」

正說著，大家已經看到臥榻上的那具屍體起了變化，從頭頂金冠的兩邊慢慢長出了兩隻像牛角一樣的角來，臉上的皮膚漸漸失去了水色，變得蠟黃，手上也長出了白毛，越長越長。

「快，快打滅那六盞鎮魂燈，越快越好！」蔡金林叫道，他已經後退，想逃下丹陛，其他幾個人也跟著他逃走。苗君儒身後，只有林卿雲姐弟倆。

看著臥榻上的屍體一點點的變化著，苗君儒不敢怠慢，他雖不懂法術，但是仗著手上的天師神劍和胸前的佛珠，向前走去，單手持劍，去挑那六盞鎮魂燈。眼睛卻盯著臥榻上的屍體，以防那傢伙突然爬起身向他撲過來。

天師神劍上出現一層淡淡的神光，連著挑滅了五盞鎮魂燈，最後一盞在屍體的頭頂。苗君儒上前一步，舉劍往前遞，劍尖接近鎮魂燈的時候，他感到似乎有一股奇怪的力量在和他抗衡著，不讓他把燈挑滅。

他大喝一聲，用盡力氣往前一送，於此同時，他看到臥榻上的屍體突然睜開了眼睛，心中大駭，正要撤劍，卻見劍尖已經捅破了鎮魂燈外面的那層黑布，好像被什麼東西黏住一般，進退不得。

如果這個時候臥榻上的屍體朝他伸出手的話，他只有認命的份。

「老爸，用力呀！」林寶寶叫道，若不是被林卿雲扯著的話，他早就跑上前去了。林卿雲望著苗君儒那吃力的樣子，心知情況不妙，她無法上前幫忙，緊張得額頭上溢出汗珠。

苗君儒何曾不想用力？只是無論他用多大的力氣，都無法挑滅那盞燈。

逃到丹陛下的蔡金林見狀，也知道情勢很危急，大叫道：「童子血，用童子血！」

「姐……姐……哪裏有童子血？」林寶寶急得直跳。

墓室之內，只有林寶寶一個童子，除了他之外，還能找誰？林卿雲和弟弟的感情很深，她又怎麼忍心用他的血呢？

蔡金林叫道：「卿雲，叫他咬破舌尖，吐到那盞鎮魂燈就可以了，不需要很多的！」

林寶寶已經聽懂了蔡金林的話，一口咬破了自己的舌尖，一大口含著血的口水向那盞鎮魂燈吐過去，口水一觸到燈罩的黑布上，立刻升騰出一道刺眼的紅光，紅光中冒出一股黑煙，迅速在空氣中消失。

苗君儒如釋重負，劍尖一斜，已經將燈挑滅。

墓室內突然傳來一聲沉悶的低吼聲，那聲音彷彿來自他們的腳下，如同一個沉睡了很久的人，在甦醒之後發出的哈欠。

所有的人都露出驚恐之色。

「不要讓他變成殭屍王，快點把那個小孩子殺掉，用他的血擦遍死屍的全身，」蔡金林叫道。

要苗君儒殺死林寶寶，他做不到，要他選擇的話，他寧可跟殭屍王鬥上一鬥。

蔡金林從一個士兵手裏接過槍，瞄準林寶寶。林卿雲見狀，忙用身體護著林寶寶，說道：「舅舅，為什麼要殺死他，他還是個小孩子呀！」

林卿雲畢竟是蔡金林的親外甥女，蔡金林就是再心狠，也不至於對自己的外甥女下毒手，他大聲叫道：「卿雲，你讓開，如果不用他的血，我們大家都會死在這裏的！」

林卿雲把林寶寶護在身後，大聲道：「舅舅，你要開槍的話，把我一起打死吧！」

苗君儒已經退回到林卿雲的身邊，他望著臥榻上的屍體，見那屍體的變化越來越大，剛才還帶蠟黃的臉龐很快變成紫黑，微合的雙目大睜，額骨突現，原本腹部是平的，現在立馬癟了下去，出現一個凹坑。長有白毛的雙手猛地收縮起來，只剩下一層皮包裹著骨頭；緊閉的嘴唇一下子張開來，露出了兩排牙齒；眼窩也深深的陷了下去，兩隻眼珠子反而凸了出來，就像掛在眼眶那裏的兩顆珠子，讓人看得毛骨悚然。

他看著那皮包著骨頭的手，似乎動了一下，當即心裏一緊，若是屍體真的動起來，他打算以性命相搏了。

「老爸，用我的血吧！」林寶寶捲起了袖子，說道：「要是真的變成殭屍王，大家都要死在這裏了！」

「死就死，」林卿雲說道：「我不相信我們這麼多人還鬥不過一個死人！」

「那不是死人，那是殭屍王，」蔡金林急了，叫道：「你不知道殭屍王有多厲害！」

苗君儒大聲道：「我就不相信他有多厲害！」

他把手電筒遞給林寶寶，雙手持劍，大吼一聲，朝臥榻上的那具屍體狠狠剁下去……

第八章

赤裸女屍的秘密

這個內宮似乎比上面的皇宮小不了多少，
木雕屏風隔成一間一間的，中間是很寬敞的走廊，
兩邊房間擺放著奢華的傢俱，毫不例外都有一張很大的床。
每一間房裏的女人，多則七八個，少則三四個。
她們或站或坐，全都一絲不掛地赤裸著身體，
表情自然，燕瘦環肥各具特色，毫無例外都是美人。

苗君儒雙手持劍砍下去的時候，用盡了全身的力氣，可是劍砍在屍體的身上，居然沒有半點反應，就像砍在一堆破棉絮上一樣，完全不著力。

那屍體似乎支起了上半身，瞪著一雙眼睛望著苗君儒。

林卿雲驚叫道：「苗老師，他……他活了！」

苗君儒也注意到了，當他的劍砍在屍體身上的時候，屍體的上半身確實動了起來，可是當他收回劍的時候，屍體卻又不動了。

他深吸一口氣，看準了屍體的脖子。如果把屍體的頭部砍掉的話，沒有了頭的殭屍王，不知道會怎麼樣？

劍砍在屍體的頸部，如同砍在石頭上，震得他雙手發麻，險些將劍脫手。

「老爸，我有童子血！」林寶寶叫道，含著一口血，朝屍體吐去。那血落在屍體身上後，冒出陣陣紫煙。

「來，往這上面再吐一口，」苗君儒說道，把劍遞到林寶寶的嘴邊，林寶寶也不含糊，張口就向劍上吐了一大口。

按照道家的說法，陰陽兩極天地乾坤，男人為乾陽，女人為坤陰，而童子則是至陽之身，因此，童子血、童子尿都有辟邪的功效。童子身上的，尤以舌尖血最為厲害，道家稱為「龍涎血」，是對付邪惡之物的至寶。

那劍遇著童子血，半空中起了一個霹靂，登時出現一溜神光，那神光比剛才的更盛。苗君儒見機不可失，把劍高高舉起，再一次朝屍體的脖子剁下去。

那臥榻突然碎裂，苗君儒一劍砍空。屍體掉在地上，立刻站了起來，雙手朝他抓過來。他心中大驚，本能地將劍橫劈過去，劍光所至，一雙乾枯的斷臂落在地上，他的手並不停，翻腕揮劍，朝殭屍的頸部橫削。

一聲怪異的吼聲過後，一顆頭顱高高地飛起，朝屏風後面掉下去了。從屍體斷裂的頸部冒出一股黑氣，那黑氣在墓室內迴盪著，久久不散。

「肉身雖死，怨氣不散，」蔡金林說道：「他在尋找替身，大家要注意，千萬不要成為他的替身呀！」

那股黑氣聚集在墓室的頂端，飄忽遊蕩著，苗君儒想用手中的劍去劈，怎奈黑氣太高，他沒有辦法碰到。再者，劍上的神光漸漸消失了。

林寶寶朝黑氣吐了幾口，口水到兩三米高的地方就落下來了，離那股黑氣還差好遠。

苗君儒轉過身，朝前面走去，眼睛只盯著頂部的黑氣，沒有留意腳下，待聽到林卿雲的提醒時，腳下一空，身體向下面掉去。

接連滾下二三十級台階後，他的頭撞在堅硬的石壁上，眼前一陣眼冒金星，差點昏了過去。睜開眼睛，見林卿雲站在洞口要下來，忙叫道：「不要輕易下來！」

他的話剛落，一陣「咯咯」的響聲過後，台階兩旁的石壁上突然同時伸出一支支的長矛，長矛分上中下三層，若是人站在台階上，無論怎樣都躲不過，轉眼間便會給長矛刺穿身體。

林卿雲站在洞口，吃驚地望著下面那一根根如犬牙般交錯的長矛，倘若她剛才衝下去的話，現在已經是一具屍體了，想想被那些長矛刺入身體的樣子，令她不寒而慄。她叫道：「苗老師，你沒事吧？」

苗君儒躺在地上，感覺渾身都疼，從那上面滾下來，不死已經是大幸，他試探性的起身，坐了起來，對上面說道：「我沒事！你要注意頭頂上的黑氣，不要讓它落下來！」

他聽到一陣「沙沙」的聲音，見兩邊的牆上露出一排洞眼，從裏面不斷流出細沙來。

不好，是沙漏。

沙漏是一種墓室內的防盜設施，就是將進入墓室的人困在一個地方，四周流入細沙，將人活活的埋在裏面。

他連忙起身，用劍削斷兩邊石壁上伸出來的長矛，向上走去。在離洞口不遠的時候，見旁邊一塊石板翻轉過來，將洞口蓋上。

若是讓石板蓋住了洞口，他就只有等死的份了。他忙抓起兩支斷矛，上前一步頂住那塊石板，往上緊走兩步。

兩支斷矛頂不住石板的重力，從中折斷，就在石板合上洞口的時候，他的身體斜著滾了出來。

好險！

若遲了半秒鐘，他就會被石板夾住。那麼大的夾力，不把他夾成兩截才怪。

蔡金林他們站在丹陛下邊的一根柱子後面，驚恐地望著頂上的那團黑氣，動都不敢動，也不敢出大氣，怕那團黑氣順著他們呼出的人氣追上來，進入他們哪個人的身體，把人變成替身。

苗君儒坐在地上，大口大口的喘著氣，他可不管黑氣會不會進入他的身體。剛才掉到洞裏，身上有好幾處地方都擦傷了。

「蔡老闆，怎麼樣對付那團黑氣呢？」歇了一會兒，苗君儒問道。

「他在找替身，」蔡金林用袖子捂著嘴，聲音變得含糊：「那是一股死人的怨氣，沉積了上千年，很厲害的，除非有得道高僧或者……」

苗君儒說道：「你這不是在說廢話嗎？」

他們這些人都是俗客，哪裏去找什麼得道高僧呢？他除了手上的天師神劍，就是胸前的那一串佛珠了。

眼下這個通到下一層去的洞口被堵住，開啟的機關不知道在哪裏，頭頂上又有那一團黑氣，時不時的威脅著。

「我來超度他！」苗君儒說道，走下丹陛，來到一堆碎玉前，這具金殿武士的「玉石封殭」在破殼出來前，腰間掛著弓箭袋，只是歷經千年，不知道能不能用。

他從地上撿起弓箭袋，分別拿出了弓和箭，試了一下，感覺還可以。

「你想做什麼？」蔡金林叫道：「那東西不怕弓箭的！」

「我知道他不怕弓箭，」苗君儒說道：「那東西能夠怕我手裏的天師神劍，一定更怕我手裏的這串佛珠！」

他從胸前的這串佛珠上撚下一粒佛珠，要林寶寶往佛珠上吐了一點血，佛珠沾上童子血後，頓時放射出萬道金光，照得墓室內透亮無比，金光中，隱約聽到來自天籟的佛音。

大家都被佛珠上放射出來的金光驚呆了，一個個表情木然，眼神變得空虛起來。

苗君儒把佛珠綁在箭頭上，張弓搭箭，要朝那團黑氣射去。卻見原先聚集在墓室頂部的那團黑氣，不知道怎麼回事，突然不見了。

蔡金林叫道：「真的是好寶貝，一粒佛珠能夠抵得上十個得道高僧的法力，不用再理他，他已經被超度了！」

金光漸漸暗淡下來，佛音也消逝了。

苗君儒一屁股坐在地上，感覺好累，好累！

林卿雲和林寶寶衝過來，扶住了他。蔡金林他們那些人也衝過來，圍住了他，如果不是他的話，所有的人恐怕都要死在這裏了。

土坡上面的戰鬥還在繼續，士兵們用迫擊炮朝赤月峽谷內轟擊，倒是非常有效，再也沒有大石頭朝這邊飛過來了。

那些武士發動了幾波攻擊，都是衝到半路就被打了回去，沙地上留下不少人和馬匹的屍體，鮮血早已經將沙土浸透，紅得觸目驚心。

士兵們在烈日下堅持了一整天，很多人都已經嚴重脫水。如果再堅持下去，恐怕要不了多久。夜晚很快就會到來，如果那些武士仗著地形熟悉，趁著士兵們不注意的情況下前來偷襲，也可能偷襲成功。

土坡上的人難熬，墓室內的人也好不到哪裏去。

齊遠大和李道明站在那處被石板蓋上的洞口旁，旁邊一個士兵拿著一磅大錘，朝那塊石板重重地敲了下去。

大錘敲在石板上，震起許多灰塵，卻並沒有開裂。那個士兵見石板這麼硬，又敲了幾下，石板終於裂開了。

苗君儒聽到敲擊聲，轉過身子說道：「一定有開啟的機關，你們找找看！」

在他說話的時候，那個士兵已經把石板給敲碎了，露出了下面的洞口。但是洞下面的細沙已經積了兩三尺深，洞壁上還不斷有細沙往下流。這樣的情況，是沒有人敢下去的。

苗君儒在林卿雲姐弟倆的攙扶下，來到洞口，朝下面看了看，說道：「我剛才掉下去的時候，看到下面有一扇石門！」

齊遠大說道：「可是這個樣子，怎麼下去呢？」

「細沙既然能夠從上面流下來，就肯定有流下去的地方！」苗君儒說道：「只要找到開啟的機關，就行！」

齊遠大看了看周圍，說道：「機關在哪裏呢？」

苗君儒說道：「應該就在這旁邊。」

感覺身體有些虛脫，說話都有點吃力。

齊遠大在洞口的周邊找了一下，沒有找到所謂的機關，他的眼睛定在那張龍案上，這墓室內除了這張空空的龍案外，其他的東西都被動過了。他走到龍案邊，蹲下身看了看，又用工具在案底的石板上敲了敲，地板下面都是實心的。

苗君儒說道：「把龍案移開看看。」

蔡金林招了一下手，上去三個士兵，他們不敢用手直接去碰龍案，而是用手中的槍頂住，往旁邊移開。

龍案一動，地板下就傳來一聲響，蔡金林驚喜地叫起來：「沙子下去了！」

龍案移開後，見右邊的一支腳下擺放案腳的地方，出現一個銅錢大小的洞，有一根細絲線從洞裏穿出來，一端釘在案腳上。

齊遠大望著苗君儒，由衷地說道：「苗教授，在很多方面我遠遠不如你，我終於明白為什麼李老闆一定要把你捲進來的原因了，如果沒有你的話，就算我們有那些東西，進入第一層墓室，也沒有辦法找到寶藏，說不定會全部死在這裏！」

「不是說不定，是肯定全部死在這裏，」蔡金林對李道明說道：「你們李家幾代人，做的是兩種營生，古董和盜墓，別人不知道，我可是清楚得很，你父親和你叔叔，包括我在內，還有那些想挖這個墓的人，都知道這個墓不好挖，我為了等這一天，已經等了二三十年！」

李道明不吭聲，因為蔡金林說的全是實情，可惜他家幾個人那麼辛苦，到頭來卻為他人做嫁衣，想來想去實在不甘心。令他困惑的是，他的叔叔怎麼會突然不見了呢？

在他小的時候，他父親就告訴過他，李家兄弟二人精明頗有心計，除此外兄長會做生意，弟弟會打洞（盜墓）。可是洞口開啟冒出黑霧，黑霧使天色變黑，前後也就兩三分鐘，在這兩三分鐘內，叔叔會挖一個洞，把自己藏進去？

土坡上下也沒有任何打洞過的痕跡呀，叔叔到底去了哪裏呢？

看到下面的細沙已經流得差不多了，蔡金林叫道：「誰先下？」

沒有人應聲，誰都不敢先下去，稍微不注意點，那可是送命的。

見沒有人敢下去，蔡金林拔出了槍，指著李道明說道：「知道我為什麼不在上面殺掉你們兩個嗎？」

不用蔡金林多說，李道明早就已經知道，他和齊遠大兩個人的命，在蔡金林的手裏捏著，隨時都有可能丟掉。他看著蔡金林手裏的槍，說道：「蔡老闆，你也別高興得太早，我死後，就算你們能夠進到最下一層，也不見得能夠出來。這地方是被詛咒了的。」

蔡金林笑道：「那是以後的事情，現在就只要你下去！」

李道明站在洞邊上，兩腿開始打哆嗦，他看了看苗君儒，見苗君儒朝他投去贊許的目光，看著下面那些被砍斷的長矛，想想苗君儒剛才已經下去過了，機關已經被破解，鼓起勇氣向下面走去。

饒是如此，他還是不敢懈怠，一步一步走得非常小心，一連下了好幾級台階，見沒有什麼動靜，才又加快了腳步，很快便走完了所有台階，用電筒一照，見左邊好像有一扇石門，他從地上撿起一根斷矛，推了一下，石門紋絲不動。

李道明朝上面叫道：「這裏果真有一扇石門，不知道怎麼打開。」

休息了一會兒，苗君儒的體力恢復了不少，他推開站在洞口的人，和齊遠大一前一後走下台階。兩人來到石門前，見石門很結實，是從內往外關的，這種石門的後面或者兩側，一般都有東西頂著或者卡著，輕易無法打開，他用雙手抵在石門上，用了一點力氣朝上下左右試了一下。

蔡金林在上面說道：「要是不行的話，就用炸藥把石門炸開，省得那麼麻煩！」

苗君儒看了一會兒，說道，「那就讓他們來炸吧！」

他們三個人退了上去，兩個工兵模樣的士兵下來，很快在石門邊裝好了炸藥。

一聲沉悶的巨響後，從下面冒出一股嗆人的煙霧，等煙霧散去，見下面有隱隱的光線透上來。苗君儒望著下面的亮光，並不覺得奇怪，不久前大家都見過那七盞點了上千年的鎮魂燈。很多墓室裏面，都有那種永不熄滅的燈，也不知道是什麼原因，居然能夠燃燒上千年甚至更久。雖然民間傳說是用人魚油點燈，可保千年不滅，但是這種傳說並不可信，可惜那七盞燈都被他打爛，無法帶回去研究了。

他和齊遠大兩人率先走了下去，在他們的身後，士兵們蜂擁而下。

石門已經被炸開，碎石塊落得裏外都是。他們兩個站在門邊，看到門那邊的還是一條往下的通道，亮光是從通道的盡頭透上來的。

「你說第二層是後宮？」苗君儒說道：「也許第二層裏面的，全部是女人！」

齊遠大點頭：「我想應該是這樣！該不會又是一些『玉石封殭』吧？」

苗君儒說道：「進去不就知道了？」

通道大約有十幾級台階，比上面的要略短一些，就是再短的通道，也有致人於死地的機關呀！

苗君儒要身後的士兵把那些斷矛全都撿起來，用繩子捆成一大捆，他剛才就是從上面滾下來，才湊巧破了上一層的機關。他現在要用那捆長矛代替了。

他用一根很長的繩子捆著那捆長矛，如果一次不行的話，可以多來幾次，直到觸發機關為止。他擔心長矛的重量不夠，又往長矛內夾了幾塊碎石。

那捆長矛翻滾著向下面掉下去，大家的耳邊聽到了一陣「茲茲」的聲音，眼看著從兩邊的石壁上噴出一股股的毒水。

他們想著那幾個被毒水噴中的士兵，身上的汗毛頓時豎了起來。那些毒水落在地上，冒出陣陣白煙，白煙在空氣中瀰漫，站在最前面的苗君儒聞到了一股奇臭味，他忙憋住呼吸，轉身就走，說道：「這煙可能有毒！」

有幾個士兵已經戴上了準備好的防毒面具，槍彈可以少帶，但是這方面的工具，可不敢不帶。

苗君儒走上洞口後，並未感到不適，也許毒是在水中，那些煙並沒有毒。他在上面休息的時候，那幾個戴著防毒面具的士兵，已經把那捆斷矛上下滾了好幾次。見再沒有毒水噴出來，便壯著膽子小心地往下走。

來到下面後，那幾個士兵一看這裏面的景色，都驚呆了！情不自禁地摘掉了防毒面具。

好現實的一張春宮圖呀！

這個內宮似乎比上面的皇宮小不了多少，用木雕屏風隔成一間一間的，中間是很寬敞的走廊，兩邊就是一間間「房間」了，房間裏擺放著各種奢華的傢俱，毫不例外都有一張很大的床。每一間房裏的女人，多則七八個，少則三四個。她們或站或坐，全都一絲不掛地赤裸著身體，表情非常自然，燕瘦環肥各具特色，但毫無例外都是美人。

她們都是死人，就像一尊尊雕像那樣毫無生氣，但是她們的肌膚和外表，與正常人沒有什麼兩樣。

有些士兵去過妓院，見識過女人的身體，但是同時見到這麼多女人身體的，絕對都是第一次。後面不斷有人下來，下來一個驚呆一個。

苗君儒也驚呆了，雖然他早有心裏準備，這一層是後宮，裏面的都是女人，但是沒有想到竟是這樣的女人。

有幾個士兵實在忍受不住了，上前抱著一個女人就往床上按，也不管旁邊還有那麼多人，當場就幹起那齷齪的事來。

林卿雲看得面紅耳赤，羞愧地低著頭。

苗君儒看到這一層的四個角各有一根柱子，柱子上各有一顆籃球那麼大的圓珠子，光線正是由那四顆珠子發出來的。

這是夜明珠，如此大的夜明珠，乃世間罕見。

夜明珠係相當稀有的寶物，古稱「隨珠」、「懸珠」、「垂棘」、「明月珠」等。夜明珠很多時候充當著鎮國寶器的作用。

從地質學角度上說，其實夜明珠就是一種螢石礦物，發光原因是與它含有稀土元素有關，是礦物內有關的電子移動所致。幾年前，一位德國的科學家就提出了這種說法。

其他的士兵見那幾個士兵抱著那些漂亮的女人，行著齷齪的事情，居然一點事情都沒有，一個個再也按捺不住，全都撲了上去。

程排長並沒有想要阻攔的意思，還饒有興趣地看著。

齊遠大微笑著搖頭，說道：「早就聽說了當兵的有多苦，今天總算見識到了！」

蔡金林說道：「孫殿英挖開東陵的時候，不是聽說有幾個士兵還想把慈禧給那個了嗎？要不是慈禧詐屍的話，還不跟這些女人一樣？」

慈禧的棺柩被撬開後，其面容若同生人，才使得看到她的士兵想姦淫。她是躺在棺木中，和這些曝露在空氣中的女人完全不同。

他在上面看到太子寧林格時，就已經吃驚不小了，但沒有想到，到了這下面，居然還有這麼多個。這些屍體的製作工藝，與「玉石封殭」完全不同，如果將她們送出去的話，一定會讓那些研究木乃伊的專家們大跌眼鏡。

木乃伊只是一具具乾屍，這在中國來說，並不足為奇，中國早就發現了多具製作工藝比木乃伊還要強得多的乾屍，只是在年代上沒有那麼久而已。

這些女性屍體的製作工藝，不知道比乾屍要強上多少倍。

他走上前，用一個工具碰了一具女屍，覺得女屍的肌肉有些僵硬，色澤蠟黃，但還是有彈性；他動了一下女屍的手，見手臂很自然地擺動。已死了上千年的屍體，關節竟還如此柔軟，實在是不可思議，也難怪那些士兵能夠幹齷齪的事，如果屍身太僵硬的話，是沒有辦法進入女屍的身體的。

在那邊，有幾個士兵已經發完了獸欲，正意猶未盡地起身，穿上褲子後，還不忘記在女屍的胸部抓上幾把。

程排長笑著問：「感覺怎麼樣？」

一個士兵答道：「跟真人差不了多少，排長，要不你也來試試？」

程排長罵了一聲，走到一邊說道：「我可不缺女人！」

齊遠大歎了一口氣，「活人跟死人怎麼能夠……」

程排長哈哈大笑：「總比強姦民女的強呀，他們又不是沒有幹過死人，去年鎮壓一批暴民的時候，對那些死了的女人，照樣不放過！」

一個士兵突然慘叫起來，苗君儒聞聲過去，見那士兵從一具比較豐腴的女屍上起身，下體的男根漸漸變黑並迅速腫脹起來。

「不好，他中了屍毒！」蔡金林叫道：「快點把那玩意兒切掉，否則命就保不住了！」

那士兵聽蔡金林這麼說，狠下心拔出刺刀往下身剁去，隨著男根落地，他也暈死過去。其他士兵見狀，不敢再繼續了，紛紛從女屍的身上下來，一個個看著自己的下身，露出不安的神色。

蔡金林冷笑道：「剛才上去的時候，怎麼不見你們害怕？死了上千年的人，是那麼容易碰的麼？」

現在說這些話已經沒有用，事情都已經發生了。

有幾具女屍被士兵蹂躪後，屍身上出現了變化，身體逐漸乾枯，表皮開裂，從裏面流出黃色的液體。

有一具女屍的肚子裂開，露出內臟，空氣中頓時瀰漫著一股腐屍的惡臭味。

苗君儒忍著惡臭，和齊遠大一起走到女屍的面前，從旁邊扯了一些幕帳，將女屍的上身和下體蓋住，只露出腹部，用工具將女屍肚子上裂開的地方往兩邊撕開。女屍的內臟器官還保持著水分，但顏色卻是深黃色。死屍的內臟呈現深黃色，這在國內外的考古研究史上，都是絕無僅有的。

齊遠大看著那些黏呼呼的內臟器官，覺得非常噁心，卻又非常想研究一下，站在旁邊捨不得離開。

苗君儒從女屍的腹內取出一些器官，說道：「這些女屍和上面那些『玉石封殭』一樣，在生前就喝下了一種特製的藥水，死後才會這樣保持千年不腐！」

「我想應該是的！」齊遠大說道。

苗君儒說道：「但是她們外表的皮膚和肌肉都蠟化了，形成了一具具的蠟屍。」

「要不我們運一具出去研究，你看怎樣？」齊遠大說道。

苗君儒走到過道裏，看了看兩邊的「房間」中的女屍，這些女人生前都是李元昊的後宮妃嬪和宮女，在李元昊死後，被用來做了人殉。

這些女人也真可憐，生前得不到帝王的寵幸，死後才得以用這樣的方式永遠服侍帝王。

那些士兵全都穿上了衣服，有幾個朝右邊角落裏的柱子走去，想去摘柱子上的夜明珠。

苗君儒叫道：「不要亂動！」

程排長一聽，很不高興地問：「為什麼？」

苗君儒叫道：「剛才你在上面就已經看到了，這裏面每一個地方都機關重重，你手下還剩下多少個人？難道你想他們都死在這裏嗎？」

那幾個士兵面面相覷，不敢再朝前走了。

蔡金林望著那幾顆夜明珠，眼中露出貪婪之色，聽了苗君儒的話後，想起離寶藏還差很遠，要是這麼早就把人報銷在這裏，太不值得了！

說不定寶藏裏面，比這四顆夜明珠值錢的東西還有很多呢。他說道：「你說得有理，說不定手還沒碰到珠子，命就沒有了，還是想辦法找通往下一層的通道！」

苗君儒站在那裏，朝四周看了看。上面下來的通道是在龍椅的下面，那從這裏通下去的通道在哪裏呢？

應該是在一個很重要的地方。

皇帝的後宮妃嬪，也有地位高低之分，通道應該在地位最高的那個女人那裏。

這裏每一間房都一般大小，裏面的擺設也是大同小異，每一個女人都是赤身裸體，似乎看不出有什麼貴賤之分。

但是難不倒苗君儒和齊遠大，這些女屍身上雖然沒有衣服，但是頭上的髮髻不同。

在西夏國的後宮，各妃嬪與宮女的髮髻式樣和高低，都有嚴格的規矩。他們倆一邊走，一邊用一根斷矛敲打著面前的地板，以防觸動機關。

這下面的地板與上面的不同，上面用的是大理石，而這下面的，則是一種類似玉石的石頭，顏色為乳白色，正是有這些乳白色石板的反光，才使得那四顆夜明珠發出的光線，足夠照亮每一處角落。

在這下面，根本不用開手電筒。

他們一間房一間房的看過去，突然，他們的腳步停住了，苗君儒蹲了下來，就在他面前不遠的地方，斷矛敲擊在地板上，發出了很空洞的聲音。

他用手按了一下地板，只見幾塊地板同時一下子向下裂開，露出一個大洞來。若是人走在上面，已經掉下去了。他朝下面掃了一眼，見下面是一個大陷阱，裏面一根根的長槍豎立著，槍尖上還閃著點點寒光。

他們兩人相視望了一眼，暗道：好險！

石板慢慢地合上了，但若從外表看，根本看不出是陷阱。他們起身，試探著從旁邊繞了過去。其他人都跟在他們的後面，非常小心地走著。

「是這裏了！」齊遠大叫道。

這間房間在右邊這排房間的中間，大小和別的房間一樣，擺設的東西也差不多，不同的是坐在梳粧檯前的女屍，還有女屍身後的那張大床。

這張床明顯比別的床要大許多，而且床頭的雕飾也不同，床上鋪著綾羅綢緞，上面的花色和繡出的圖案也不同。

那具女屍坐在梳粧檯前，身邊還站著幾具女屍。這幾具女屍的樣子，好像是在幫那具女屍梳理頭髮，其中一具站著的女屍手上，捧著一頂金絲珍珠鳳冠。另一具女屍的手上，卻拿著一把刀。

齊遠大走過去，就在他離女屍還有幾步遠的時候，感覺腳下絆到了什麼東西，那個坐著的女屍突然一下子轉了過來，他大驚，扭頭對苗君儒叫道：「苗教授，我中……機關……」

最後那兩個字是他從牙齒縫中擠出來的，苗君儒看到一把彎刀就插在他的胸前，鮮血沿著彎刀的刀刃流在地上。

「老師！」李道明大叫要衝過去，被苗君儒拉住。

「不要莽撞，」苗君儒說道：「你看他腳邊的絆線是半透明的，要是我先走過去，也會觸上！是齊教授替我死了。」

齊遠大倒在旁邊的大床上，鮮血浸紅了床上的綾羅綢緞，他的腳上，還纏著那根絲線。絲線的另一端伸入一塊地板內。

齊遠大絆上絲線，扯動地板下的機關，機關帶動了兩具女屍。他體內流出的血漸漸成了黑色，那把彎刀上有毒，不要說被插進體內，就是碰破點皮，也是致命的。

苗君儒看著那具坐著的女屍，女屍的臉上似乎蕩漾著一抹詭異的冷笑，當初設下這個機關的人，好像算準了日後會有人進入這個房間似的。

士兵們衝進別的房間姦污了那些女屍，也沒有見著哪個踩中了機關。

苗君儒想要過去仔細查看，聽到程排長叫道：「以後碰到有懷疑的地方，就丟個手榴彈過去看看，總比死人要好！來人，丟個手榴彈過去，炸他娘的！」

「慢著，」苗君儒說道：「齊教授還在那裏，就是要炸的話，也得先把他弄出來呀！你們站遠點，讓我過去看看！」

他用那根斷矛小心地向前試探著，來到齊遠大的身邊，用手中的天師神劍挑斷了纏在齊遠大腳上的絲線。那絲線斷了之後，迅速縮入地板中。他聽到一聲細微的聲響，暗道不好，身體往後一退，順勢滾在地上。

一陣破空之聲過後，兩排弩箭分上下兩層從牆壁內平射而出，若不是見機得快，已經被弩箭射穿了身體。他身後的人幸虧早已經閃到一旁，否則站在前面的絕對無法倖免。

他趴在地上，一點一點爬到大床的邊上，用手把齊遠大扯了下來。他剛要起身，又聽到一陣破空之聲，弩箭射到對面的牆上後，落在地上。

像這種被觸動後，每隔一段時間就射出一次的機關，是並不少見的。

他拖著齊遠大的屍身，來到眾人的面前。齊遠大中刀的傷口，已經爛成了一個大窟窿，想必那刀上的毒還有很強的腐蝕性。

苗君儒望著齊遠大已經失去血色的臉，心裏說不出是什麼滋味，兩個月前，他站在國際考古工作者會議的講台上，口若懸河地發表著自己的觀點，可是現在，卻靜靜的躺在這冰冷的地面上。也許用不了多久，他就會化成一大灘黑水，永遠在人間消失。

苗君儒說道：「你的父親，你的妹妹，你的老師，接下來還會輪到你，究竟是為了什麼？非要搭上自己的命呢？」

苗君儒低著頭，他的話是說給李道明聽的，相信所有的人都聽得懂，他的聲音很低沉，又道：「就為了那些財寶，爭得你死我活，到頭來，誰又能得到呢？」

李道明滿臉的羞愧，在齊遠大的屍體前跪了下來，說道：「老師是想找到寶藏，解開那段歷史的謎團，他在敦煌莫高窟的一本小冊子裏，發現了一點當年西夏皇宮內亂的記載，他一直懷疑李元昊不是死在太子寧林格的手裏，而是死於皇后之手。」

「每一個考古工作者都想解開歷史的謎團，可是解開了又怎麼樣？」苗君儒顯得有些傷感。

「苗老師，您也不要太……」林卿雲想勸苗君儒，可是話說到一半，實在不知道怎麼說才好。

「我們還要下去嗎？」苗君儒問蔡金林，「就算你得到了那些財寶，又能怎麼樣呢？」

蔡金林冷笑道：「誰不想得到那些財寶呢？」

苗君儒指著那張大床說道：「往下面去的通道口，應該就在大床底下，你叫人把大床移開就行！」

蔡金林問：「萬一還有機關呢？」

「好，我搬開給你看，」苗君儒走到大床前，用天師神劍劈倒床邊的幾具女屍，把劍放在床上，雙手握住床腳一較勁，立刻將床移動了不少。

他在搬床的時候，已經下了必死的念頭，如果這個時候有機關啟動的話，他根本不想躲閃，若是他一死，這些人就沒有辦法進入下一層，找到通往寶藏的通道了。

南齊北苗已經去其一，這是中國考古界的悲哀，還是個人的悲哀呢？

幾個士兵上前，合力將大床抬開，見下面只有平整的地板，並沒有什麼洞口。苗君儒已經看到被女屍坐著的凳子，是和地板連在一起的，剛才就是那個凳子轉動，才連帶女屍轉過了身體。

他的雙手搬住那張凳子，左右各轉動了一下，只聽得一聲響，床下的幾塊地板同時開啟，露出一個四四方方的洞口來。

一個士兵朝洞口瞄了一眼，拿出了兩個手榴彈，扯開拉線丟了下去，兩聲巨響過後，大家都感覺到地面顫抖了一下。另兩個士兵提著兩桶汽油，他們手中的手電筒已經沒有電了，要下去的話，只有點火把。其他幾個士兵把那捆長矛解開，撕下房間與房間之間的幕帳，用來做火把。

蔡金林望著李道明，說道：「不用我多說了吧？」

李道明拿著一個士兵遞來的火把，士兵們沒有將火把點燃，怕像上一層那樣死得莫名其妙。他無奈地朝洞口走去，不料苗君儒上前幾步，走在他的前面。

「苗老師，」林卿雲驚叫起來。

林寶寶也叫道：「老爸，我還要跟你回北平去，我答應了小梅的，男子漢必須說到做到！」

「放心，我不會那麼早死的，」苗君儒說道，他們走下了台階，聞到了手榴彈爆炸後的硝煙味，同時也聞到了一股奇異的香味，這香味就是從下面冒上來的，似蘭似麝，隱隱還有一絲檀香的味道。

第九章

黃金紫玉棺

李道明站在黃金紫玉棺的旁邊，摸著棺槨，說道：
「好一副黃金紫玉棺，單就這副棺材，就已經是稀世至寶！」
苗君儒來到黃金紫玉棺面前，見這副棺材通體紫色。
玉石有黃色、綠色、白色、紅色，但是紫色的玉石，
卻是極少見到，指甲蓋那麼大小的一塊，
就已經價值不菲，何況是這麼大的一副棺材。

苗君儒的腳步放得很慢，眼睛盯著腳下的台階，同時也留意著周圍的動靜。

手榴彈將幾處台階和牆壁炸得坑坑窪窪，地上除了一些碎石塊外，並未有機關被觸發後射出來的暗器。

他原本已經有了必死的念頭，聽了林寶寶的話後，內心覺得一陣慚愧，小孩子都知道要回去，如果他死在這裏，就狠心丟下廖清她們母女倆嗎？

他每一次出去考古，廖清總會對他說：記得要回來！

這一次由於出來得匆忙，還沒有和她話別，他知道她的心裏是時刻惦記著他的。

他不敢太分心，暫時不去想她們母女倆，在這種地方，稍有分心都會令自己留下無盡的悔恨。他單手持劍，不時用劍尖在兩邊牆壁上敲擊著。

在這條通往第三層的通道裏，他也不需要用手電筒，從下面透上來的光線，比第二層的似乎更強，越往下，那種香味就越加濃郁，他的身體沒有感覺到任何不適，頭腦反而還清醒了不少。

直到他的腳踏上第三層的地面，也沒有觸發任何機關。

陵墓的第一層是皇宮，第二層是內宮，想不到這第三層，居然是一座佛堂。整座墓室的結構，與他見過的拓跋圭的墓室，有很多相似的地方，只不過顯得更加豪華和氣派。

這第三層，比上面兩層都要大，和拓跋圭墓室中的一樣，最上首是一尊釋迦牟尼佛祖的坐像，這尊坐像高有六七米，通體白色，估計是用上等的白玉雕刻出來的。坐像的面前有一張大案台，上面擺放著一些供品，兩邊各站立著十幾尊文殊普賢等諸天神佛，每一尊都有兩三米高，也都是清一色的白玉。

大案台的前面，一左一右各有兩個大香爐，裏面不斷還有清煙冒出來。

墓室的四周，各有幾盞仍在燃燒的長明燈，光線正是由這些燈上發出來的。周邊的石壁上，雕刻著許多內容不同的圖案，大都是體現李元昊生前豐功偉績的，與他在那個峽谷的石窟中見到的類似，只不過這裏的雕刻，更顯得工藝精湛，圖案中的每一張臉每一個線條，一看便知出自名家之手。也有一些與敦煌莫高窟洞壁上類似的佛教飛天圖。

墓室的正中，有一處三層高的石台，石台上放著一副長約三米，寬約兩米，高約一點五米的大棺槨。棺槨的外表包裹著黃金配飾，卻放射出一種紫色的光芒，使整個墓室產生了朦朧的神秘感覺。

拓跋圭的棺槨四周，各有一尊站立的佛像。而這裏不同，石台下的四周，盤腿坐著一個個身披袈裟，穿著金黃色僧袍的僧侶。每一邊有三排，每排有九個，總共一百零八個。再往後，便是一些穿著灰麻布僧袍的僧侶，人數有好幾百個。

這些僧侶每個低眉善目，雙手合什，與其說是在參加一個盛大的佛教慶典，還不如說是在為某個人做一場大法事來得更貼切。他們是在超度棺槨中的人。

李元昊一生殺人無數，崇信佛教的他，生前已經做過很多法事，來超度那些被他殺死的人。他死後，肯定也要佛法來超度他。

上面的人陸續跟下來了，都站在苗君儒的身邊，驚奇地看著墓室中的一切。

李道明緩緩說道：「和老師說的一樣，就是寫在那本小冊子上的，皇上靜靜地躺在紫色與黃金包裹的玉棺中，等待佛祖的召喚……」

與第二層的那些女屍一樣，石台下面的那些僧侶也都栩栩如生，與活人沒有什麼區別，不同的是他們不會動，也不會呼吸。

「哈哈！」蔡金林發出一陣狂笑，「看到了黃金紫玉棺，離寶藏就只有一步之遙了！苗教授，麻煩你快點找到寶藏的入口。」

「啊！」一個士兵慘叫起來，瘋狂地抓著自己的胸前，沒兩下便將衣服抓開，露出了胸膛，只見他身上的肉已經成了黑色，一把抓下去，便抓出一大把血肉來，體內流出的血也成了黑色，滴滴答答的流在地上。

那士兵自己把手瘋狂地從傷口伸進去，在裏面亂抓，口中不斷發出慘叫，那叫聲聽得人毛骨悚然。

「砰！」一聲槍響，子彈射中那士兵的頭部，噴出的黑血濺得到處都是。

程排長提著槍，驚恐地望著他身邊的士兵。從第一個士兵發出慘叫開始，他身邊的士兵不斷發出慘叫聲，做著同樣恐怖的事情。

整個墓室內都被這種揪心的慘叫聲充斥著，林卿雲和林寶寶害怕地躲到了苗君儒的身邊。

「他們怎麼了？」林卿雲的聲音在顫抖，這樣的場面，比看到殭屍還恐怖得多。那些士兵一邊慘叫，一邊不斷抓著身上的皮肉，每抓一把都黑血橫濺，帶起一大團黑乎乎的血肉。

「他們和那些女屍有過接觸，中了女屍體內的屍毒，現在發作了，」苗君儒說道：「千萬注意，不要讓那些黑血濺到身上，他們的血中也含有屍毒！」

蔡金林他們幾個人連忙避開，閃到旁邊去了。程排長連連開槍，看著士兵一個個地倒在他的槍下，他也很痛心，畢竟是一同在戰場上生死滾爬過來的，有很深的兄弟情誼。可是他沒有辦法，與其看著他們那麼痛苦，還不如趁早做個了斷。

這麼一來，程排長身邊只剩下兩個沒有和女屍交媾的士兵了，他們兩個望著那些血肉模糊地躺在地上的同伴，臉色慘白，不知是慶幸呢？還是悲傷？

「通道一定是在黃金紫玉棺的下面，想辦法把它弄開，」蔡金林說道：「在搬開之前，我想知道李元昊的身邊，究竟放了什麼寶物。李老闆，你先過去！」

李道明從那些僧侶的中間筆直走過去，走上石台，站在黃金紫玉棺的旁邊，用手摸著棺槨，說道：「好一副黃金紫玉棺，單就這副棺材，就已經是稀世至寶！」

苗君儒要林卿雲姐弟倆不要亂動，他來到黃金紫玉棺的面前，見這副棺材通體紫色，他開始還以為是水晶，沒有想到是紫色的玉石。玉石一般有黃色、綠色、白色、紅色，但是紫色的玉石，卻是極少見到，指甲蓋那麼大小的一塊，就已經價值不菲，何況是這麼大的一副棺材。也不知這種玉石，是在什麼地方挖掘出來的。

他以為玉棺上的黃金飾紋是包裹上去的，走近一看才知道是事先在紫玉棺的表面雕琢好紋路，用黃金澆注上去，那樣的話，黃金就與玉棺連為一體了。這種澆注手法在古代遺留下來的文物中，從未發現。因為這種技術需要很高超的技巧，黃金溶解後產生的高溫，與一般的玉石接觸後，會使玉石的表面開裂。別說連為一體，就是沾上去都很困難。

蔡金林從旁邊的人手裏拿過一把開山斧，朝石台上的黃金紫玉棺走去，走到黃金紫玉棺的面前時，被苗君儒攔住。

「你想幹什麼？」蔡金林揮舞著斧子問。

苗君儒說道：「你想要我幫你打開通道的話，就不要打這黃金紫玉棺的主意！」

蔡金林把斧子收起來，說道：「好，我就把它送給你，不過我想看一下裏面到底有什麼東西，也想知道李元昊到底長什麼模樣！」

「轟隆」一聲，聲音來自一個角落，苗君儒尋聲望去，見從一尊佛像的後面走出來三個人，為首的正是失蹤了的仁德皇帝，仁德皇帝身邊的，是他的兩個學生，周輝和劉若其。

「老師！」周輝和劉若其同時叫道。

苗君儒驚訝地問，「你們怎麼會出現在這裏？」

周輝走上前，說道：「我和劉若其在風暴來的時候，和您走散了，等風暴過去，我們不知道處身在什麼地方，還好您教給我們很多野外辨認方向的經驗，我們兩個人好歹在荒漠裏發現了有人走動的痕跡，便順著痕跡走去，結果發現了我姨父和他手下的人，我們跟著他們來到小鎮上，我姨父叫我們兩個人回去，說他會等到另一幫人後，就從鹽沼地那邊過來，他並且還派人送我們兩個人回去，我們兩個人在半路上逃走了，走鹽沼地趕到了村子裏，我們本來想在老人住的屋子裏等你們的，誰知道我姨父帶人來了，老人帶我們躲到了裏面，藏到了一間地下的密室裏……」

周輝的話還沒有說完，卻見仁德皇帝滿臉怒容，生氣的指著苗君儒罵道：「你們這些蠻子，我那麼相信你，並把我隨身的玉牌都給了你，我要你不能讓兩塊石碑重合，可是你不但讓兩塊石碑重合了，而且帶著他們進入陵墓。」

苗君儒雙手合什，朝仁德皇帝施了一禮，說道：「他們人多勢大，我沒有辦法阻止他們，如果您覺得我對不住您對我的信任，就請您用這把劍殺死我！」

他把天師神劍用雙手托著。

仁德皇帝看著苗君儒手中的天師神劍，驚道：「想不到你連這把劍也弄來了？看來，你們是非要打開通往寶藏的密道了？」

苗君儒搖頭道：「其實我根本不想，也不願意！」

仁德皇帝緩緩說道：「通往寶藏的密道上，有數不清的機關和陷阱，就憑你們這幾個人，也想進去嗎？」

蔡金林早已經不耐煩了，叫道：「苗教授，你現在是要儘快打開通往寶藏的通道，跟這個老頭子胡亂說什麼？」

苗君儒冷冷道：「你知道他是誰麼？他就是西夏國最後一位皇帝，躺在這副黃金紫玉棺中的，是他的祖宗。」

「西夏國不是早滅亡了嗎？怎麼還有皇帝？」蔡金林瞬間醒悟過來：「莫非他就是那些不怕死的武士的頭？」

「也可以這麼說，但實際上他只是一個傀儡皇帝，」苗君儒說道：「外面那些人的頭領是一個叫拓跋索達的人。」

「你怎麼知道這麼多？」蔡金林問道。

「我還知道更多，」苗君儒說道：「每一個驚動了亡靈的人，都逃脫不了亡靈的召喚！」

蔡金林臉色一變，說道：「我不信，現在多了兩個人替我在前面探路，現在就算要死，也是你們先死！」

周輝叫道：「姨父，你收手吧，你已經打開了陵墓，這裏面隨便一樣東西拿出去，都值不少錢……」

「你給我住口，」蔡金林叫道：「還輪不到你來教訓我，我花那麼多錢供你去讀書，為的是什麼？我叫你們兩個人回去，是不想你們死在這裏，可是你們偏偏跑進來。」

周輝說道：「姨父，我是來救你的，那麼多人都想得到寶藏，你……」

蔡金林拔出手槍，朝周輝的面前開了一槍，說道：「別以為我不敢殺你！誰敢阻攔我，我就殺掉誰。」

他返身，用斧頭劈在黃金紫玉棺上，叫道：「我偏要打開看看！來人，把棺蓋給我抬開！」

幾個人上前，左右抬住棺蓋，合力將棺蓋抬了起來。棺蓋一打開，墓室內頓時光線大增，從棺內射出的光線，照得大家的眼都花了。於此同時，大家聽到了一陣低沉的吼聲，那聲音彷彿來自腳底。

那幾個抬棺的人都嚇住了，愣愣地站在那裏。蔡金林罵道：「怕什麼？我就不相信他能夠從棺材裏爬出來！」

仁德皇帝滿臉悲戚之色，顫微微地跪了下來，朝黃金紫玉棺邊磕頭邊哭。苗君儒忙走下石台，來到仁德皇帝身邊，上前去扶他。

仁德皇帝並不起身，邊哭邊道：「……請饒恕兒孫們的無能，讓先帝受到了這些強盜的驚擾，懲罰他們吧，讓他們下地獄……」

蔡金林從黃金紫玉棺中取出一個製作精巧的玉杯，見這玉杯晶瑩剔透卻閃閃發光，他大聲贊道：「葡萄美酒夜光杯，欲飲琵琶俺馬上催，好一個夜光杯呀！」

他身邊的幾個人，早已經用準備好了的袋子，把棺內的東西一個勁的往袋子裏裝。接著，幾個人合力，把一具穿著帝王服飾的屍首，從裏面抬了出來。

苗君儒暗驚，一般的帝王陵墓內，棺槨都是一層套一層，有的達到三四層之多，絕不可能像眼前的這樣，打開棺蓋就能夠見到屍體。

可是他們從棺中抬出來的，不是屍體是什麼？

仁德皇帝站起身，發出一聲大叫，從苗君儒手裏拿過那把天師神劍，衝上前朝蔡金林刺去，可是還沒等他衝到蔡金林的面前，蔡金林手中槍已經響了，仁德皇帝中槍，他奮力扔出天師神劍後，身體一歪倒在地上。

蔡金林一閃，天師神劍刺中一個正從棺中拿東西的人，將那人穿了一個透心涼，哼都沒哼一聲，屍體就滾落在旁邊。

苗君儒和周輝以及劉若其同時衝過去，從地上扶起仁德皇帝。

仁德皇帝把手中的一樣東西放到苗君儒的手裏，口中冒出血沫，吃力地說道：「求你……幫……他們開啟……通往……寶藏的……密道……然後……依靠膽量……」

苗君儒一驚，沒想到仁德皇帝居然要他幫那些人打開密道，他說的最後幾個字是「然後依靠膽量」，然後依靠膽量做什麼呢？

周輝低聲道：「他好像是要你幫他們打開密道後就逃走！就從我們進來的那地方。」

可是通往寶藏的密道打開後，裏面機關重重，蔡金林一定會要他們幾個人在前面探路，不會讓他們偷偷溜走的。苗君儒看著仁德皇帝塞到他手裏的東西，竟是一柄八寸多長，造型奇特，類似鑰匙一樣的東西，質地是銅的，拿在手裏很沉。

仁德皇帝吃力地吐出了「烈火」兩個字後，就閉上了眼睛。

苗君儒想了好一會兒，也想不明白仁德皇帝最後說的「烈火」兩個字，是什麼意思。他們三人把仁德皇帝的遺體抬到一邊，從一個和尚身上取下一領袈裟，蓋在他的身上。

「你們跟我來，」苗君儒朝黃金紫玉棺走去，說道：「作為考古人，這可是一次很好的學習機會。」

周輝和劉若其跟在他的身後，林卿雲也牽著弟弟的手跟了過來。

苗君儒走上石台，從那個死人身上拔出天師神劍，見劍身並未沾有半點血跡，果真是把好劍！

「你想帶他們學什麼？」蔡金林問。他站在旁邊，看著手下的人把棺內的東西一件件地放到袋子裏。

苗君儒朝棺內看了看，見棺內很大，中間是一處人形的位置，兩邊擺滿了陪葬物品，底下鋪著金黃色的繡花盤龍七彩緞，墊著屍體頭部的那個鑲金玉石枕頭，剛被一個人拿了出來，放入了袋子裏。

在黃金紫玉棺的邊上，放著那具穿著帝王服飾的屍體，他就像一個剛死的人，他的皮膚並不像墓室裏的其他屍體那樣蠟黃，而是一種正常人死亡後的慘白。頭頂上的金冠已經被那些人摘了下來，乾枯的頭髮散亂在地上，嘴巴微微張開，想必那些人已經把他嘴裏含著的東西也拿出來了。

身上的衣服被撕開了幾道大口子，腰間的玉帶也被解開拿走了。屍體的全身上下都已經被仔細搜了一遍，值錢的東西全都已經被拿走。

「你們來看這具屍體，」苗君儒說道：「圓臉，鷹鼻深目，赤眉高顴，中等身材，這些特徵，都與史料上對李元昊的描述一樣。」

周輝問：「老師，你的意思，這具屍體就是李元昊了？」

苗君儒說道：「暫時可以這麼說，但是就眼前的情況來說，很難判定，他並沒有直接用手去碰屍體，而是用工具將穿在屍體上的蟒袍挑開，說一般帝王的棺槨，至少有兩層，有的達到五層之多！」

劉若其笑道：「老師，您剛開始教我們的時候，就說過啦！」

道：「無論是什麼屍體，身上都有不同的病毒，最好不要直接用手去碰！」

屍體身上的蟒袍被挑開後，露出一層真絲滾龍圖案的內衣，苗君儒說道：「這種圖案是仿照唐代的。」

屍體身上穿了九層衣服，最後的一層，居然是麻布，是一種做工很精細的麻布衣服。

西方科學家在發現木乃伊的時候，發覺包裹木乃伊的，也是麻布，不過不同地域不同年代的麻布，其作用也不同。

麻布在屍體防腐方面，確實起著一種神秘的效果。

割開麻布後，露出了屍體的胸膛。在屍體的右下腹和右肋下，各發現兩處已經縫合起來的傷口。

周輝叫道：「他是被殺的！」

苗君儒點頭，「看來史書上說得沒有錯，他確實是死於太子寧林格之手，是被殺的！」

蔡金林冷笑道：「苗教授，現在可沒有時間讓你來做什麼考古研究，還是幫我儘快找到通往寶藏的入口吧！」

「不錯，是沒有時間了！」一個聲音從上面下來的通道那邊傳來。

苗君儒聞聲望去，見走在前面的是李子新，而跟在李子新身後的，竟然是他以為早就被拓跋索達殺掉的張厚歧。

「沒有想到吧？苗教授，」李子新笑道：「要不要告訴你到底是怎麼回事？」

「他沒有死？那麼天宇石碑是怎麼落到拓跋索達的手裏的？」苗君儒問。

「客棧老闆阿卡杜拉，」李子新說道：「我要他和阿卡杜拉的人，帶著天宇石碑先按著藏寶圖的路線走，到達淵泉子的時候，想辦法把阿卡杜拉的人處理掉，不料出了一點意外，阿卡杜拉的人早就防了一手，雙方展開了一場槍戰，最後他帶著十幾個人逃走了，天宇石碑落入阿卡杜拉的手裏。」

「原來是這樣，」苗君儒說道：「可是你們又怎麼保持聯繫的呢？」

「還記得在赤月峽谷的谷口嗎？我手上的那隻鴿子，」李子新說道：「我們兩個人就是通過那隻鴿子保持聯繫。我要他從鹽沼地那邊繞過來，在這裏和我會合！我在那股黑煙籠罩住天空的時候，滾下了土坡，並迅速離開，在鹽沼地邊上等他們。我和他們會合後，就趕了回來。我們等上面的人都消耗得差不多了，才偷偷下手。」

他對蔡金林說道：「蔡老闆，現在我的人比你的人多，怎麼樣，是放下武器滾出去呢？還是被我打死在這裏？」

蔡金林看了一下身邊的人，包括程排長他們三個人在內，還不到十個人，而李子新那邊有十幾個人，他說道：「李老闆，我們合作怎麼樣？」

李子新問道：「你想怎麼合作？」

蔡金林說道：「首先得找到通往寶藏的密道，進去後我們五五分，要不六四也行，你六我四。」

「你原來怎麼不說我六你四呢？」李子新走上前，看著滿地的屍體：「我看到了上一層的情形，那些赤裸的女屍，一個個都很漂亮，你是個聰明人，為什麼不阻止那些士兵呢？如果他們不死的話，我這十幾個人，可不是你的對手！」

程排長後悔沒有阻止他的手下，他也沒有想到上面的人會這麼快就拚得一個不剩，讓別人鑽了空子。他手上捏著二十響快慢機盒子，這一梭子出去，可以撩倒對方好幾個人，可是自己這邊拿槍的，不過三四個人，其他的人剛才都已經放下槍，忙著裝東西，要是動起來，肯定討不著好。他明白蔡金林說的那些話，是在敷衍對方，只要對方一麻痹，就是他們下手的最好時機。

「叫你的人把那些袋子送過來，」李子新說道：「還有我的侄子也要過來！」

「沒問題，」蔡金林朝手下人使了一下眼色，兩個人提著袋子，跟著李道明走過去。

「齊教授呢？」李子新問。

「他死了，」李道明說道，「就死在上一層！」

「哦，」李子新略有所思，望了一眼苗君儒他們，說道：「現在要想打開通往寶藏的密道，就得依靠苗教授一個人了！」

「是的，叔叔，」李道明說道：「密道裏還有很多機關，蔡老闆幾次叫我去送死，我想應該輪到他了！」

李子新見蔡金林的幾個手下人，正偷偷要去拿槍，忙抬手開了一槍，子彈射在那些人的腳跟前，大聲道：「如果你們敢亂動的話，下一槍就打在你們身上了！」

張厚歧手下的士兵過來，把蔡金林這邊的人押到一旁，程排長見對方的徽章也是西北軍的，忙道：「大家都是兄弟，不要傷了和氣！」

一個士兵不客氣地下了程排長的槍，冷冷說道：「西北軍的又怎麼樣，大家都在槍口上混飯吃，哪一天你碰上我，也可以這樣不客氣！」

程排長手上的槍被繳了去，但是他放在後面腰間的另一槍，卻沒有被搜走。

「好了，把這些人先押到一邊，」李子新說道：「我要來好好看一下苗教授到底有多少本事，能夠打開通往寶藏的通道。」

「我一個人沒有辦法打開，」苗君儒說道：「我要我的學生幫忙！」

「沒問題，」李子新說道：「你要誰幫你都可以！」

苗君儒朝四周望了一下，他也不知道寶藏的通道口在什麼位置，也許蔡金林說得不錯，就在這副黃金紫玉棺的下面。

可是這麼大的一副黃金紫玉棺，足有兩三千斤重，怎麼能夠移得開呢？記得李菊香就曾經告訴過他，說是要用天師神劍才能夠找到寶藏的入口。

現在天師神劍就在他的手上，可是寶藏的入口在哪裏呢？

「蔡老闆，麻煩你和你的人把這副黃金紫玉棺移開，」苗君儒走下石台，對他的學生說道：「我們去別的地方看看！」

在蔡金林帶著人吃力地移開黃金紫玉棺的時候，苗君儒已經站到了那尊釋迦牟尼的坐像前，這尊佛像看上去，與他以前見過的似乎有點不同。見佛像的左手位於腹部，掌心傾斜，大拇指高高豎起，右手前伸，四指併攏，食指指向前方。

他朝佛像食指所指的方向望去，見是一堵厚厚的牆壁。牆壁上刻著兩幅圖，一幅是佛祖在菩提樹下悟道的情形，另一幅是佛祖在講法，周圍有許多的弟子，或站或坐。

兩幅圖的中間有一排豎向的字：此門一開，你們將飲萬毒之水。

那句話就好像是一句詛咒。

「老師，你看這邊，這上面有字！」周輝叫道。在他所指的地方，是佛祖坐像的左邊，那幾尊佛像後面的牆上，刻著密密麻麻的經文。經文是用梵文刻的，是一部般若波羅蜜多心經。

「苗老師，這邊也有字，」林卿雲叫道。

在佛祖坐像右邊的牆壁上，刻著一首首西夏文字的唐詩。

這倒奇怪了，墓室周邊的牆壁上，刻的不是體現李元昊生前豐功偉績的戰爭圖案，就是佛教圖形，怎麼會有唐詩呢？

這期間，蔡金林他們那些人已經將石台上的黃金紫玉棺移開了，果真露出了一個洞口來。見那洞口圓圓的，直徑約莫一米左右，並不大。洞是垂直向下的，裏面黑乎乎的，也不知道有多深。有個人丟了一件東西下去，許久都聽不到東西落地的聲音，隱隱地，裏面傳來一聲聲怪吼。

站在洞邊的人，一個個面面相覷，露出驚恐之色。

「把洞口閉上，」李子新也感覺到不妙，命他們把洞口重新蓋上。

有幾個人去推歪斜在一旁的黃金紫玉棺，可惜已經遲了。只見從洞內不斷爬出一隻隻黑色的大螞蟻，這些螞蟻每一隻都有銀元般大小，其中有幾隻爬上棺蓋，高高地煽動著兩隻大觸角，像是在向眾人示威。螞蟻爬出來的速度挺快，那幾個人還沒有反應過來，就被螞蟻爬到身上去了。

那幾個人邊跑邊叫，雙手不斷地撕扯著衣服，把衣服脫掉後，用力在身上拍打著。苗君儒見他們的身上並沒有一隻螞蟻，仔細一看，見那幾個人的皮膚下，不斷有東西蠕動著。

其中有一個人發了狂一般，衝入螞蟻群中拚命踩著，螞蟻是被他踩死了不少，但是更多的螞蟻鑽入了他的體內。眼見得他的雙腿由下往上腫脹起來，像吹氣球一般，轉眼間已經到了腹部，整個肚子越來越大，最後「碰」的一下炸開，無數大螞蟻連帶著血肉噴射出來。

苗君儒他們幾個人離得較遠，倒沒有什麼事情，但是那些靠得近的人可就慘了，被那些血肉濺上後，慘叫著倒在地上，迅速被蜂擁上來的螞蟻吞沒。

「媽的！」程排長大叫著，從身上摸出兩顆手榴彈，丟進那個洞裏，幾秒鐘後，眾人聽到一聲沉悶的爆炸。他一不防備，腳上爬上了兩隻螞蟻，還來不及拍打，更多的螞蟻爬上了他的腳背。

他狂叫著，打開了一桶從上面帶下來的汽油，拚命地澆向那些螞蟻，而後點燃。

「轟」的一聲，他被烈焰包裹著，在螞蟻堆中翻滾，汽油在地上流淌，所到之處，碰到什麼東西都燃燒起來。幸虧那一桶汽油並不多，否則整個墓室都會變成火海。

那些螞蟻從洞內繼續向外面瘋湧著，除了有火的地方外，用不了多久，整個墓室就沒有可以立足的地方了。林寶寶望著那些朝他爬過來的大螞蟻，驚叫道：「老爸、老爸！」

周輝幫忙林卿雲，一起扶著林寶寶爬到供桌上。

在拓跋圭的墓室中，他已經有了一次利用佛光對付大蜘蛛的經驗，他望了望身後的佛祖坐像，恍惚之間，覺得佛祖的左手，與妙安法師手持佛珠時候的手勢極為相似。

他的心念一動，摘下胸前的佛珠，爬到佛祖的坐像上，將佛珠放到佛祖的左手中。

奇蹟再一次出現了，只見佛祖身上放射出一道璀璨的佛光，佛光所到之處，那些黑色的大螞蟻紛紛退卻。那些被螞蟻吞沒的人，只剩下一副完整的骨架，那骨架上面，還有觸目驚心的紅色血肉。

苗君儒這邊的幾個人在佛光的籠罩下，倒是無畏那些螞蟻，其他的人可就糟糕了，一個個驚叫著向上面逃去，慌忙中也顧不上那幾個裝滿寶物的袋子，其中一個袋子被踢倒在地，裏面滾出不少東西來。那個被蔡金林拿在手上的夜光杯，從袋子裏掉出來落在地上，登時碎成了幾塊。

「老師，我們想辦法逃出去！」周輝指著他們進來的地方說道。

那地方離他們現在所處的地方，有十幾米遠，而佛光只照著他們面前不遠的地方，再遠一些就是那些螞蟻的天下了。

佛祖右手的食指尖漸漸出現一道光線，那光線筆直朝前面射出，射到對面的牆上。那牆上的兩幅圖片彷彿活動了起來，變得亦真亦幻，眼前的景色都變得虛無空靈。

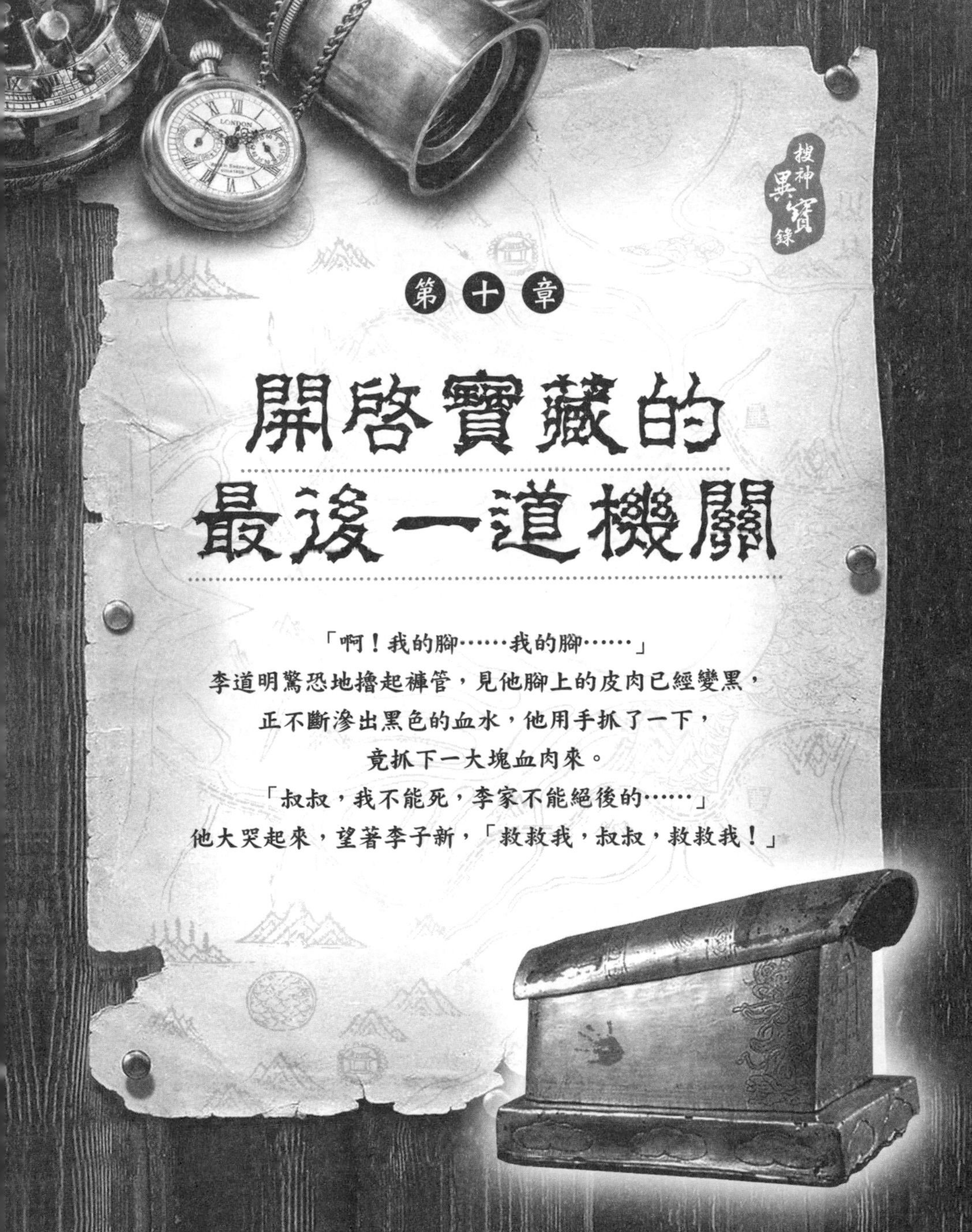

第十章

開啓寶藏的最後一道機關

「啊！我的腳……我的腳……」

李道明驚恐地擼起褲管，見他腳上的皮肉已經變黑，正不斷滲出黑色的血水，他用手抓了一下，竟抓下一大塊血肉來。

「叔叔，我不能死，李家不能絕後的……」

他大哭起來，望著李子新，「救救我，叔叔，救救我！」

苗君儒他們幾個人怔怔地望著對面，見牆上的畫面漸漸變了樣，兩幅畫重疊形成一個很大的人臉。

他們幾個人都見過那個人，那個人就躺在石台上，是不久前有人把他從黃金紫玉棺中抬出來的。

那個人望著他們，漸漸變得邪惡起來，好像在發出一聲聲的詛咒。

佛祖的右手緩緩下垂，指尖指向供桌的下面，光線中，赫然見一塊石板的中間有一條細小的縫，那小縫旁邊的石板上，浮現出一行字來：富可敵國的財富將屬於你。

苗君儒想起了李菊香說過的話，說是必須用天師神劍才能夠打開通往寶藏的門，看地板上的那條縫，寬窄正好伸進去一把劍。他走到供桌旁，把手中的天師神劍插了下去。

劍一插下去後，只聽得「吱嘎吱嘎」的一陣響聲，那聲音就來自他們的身後，他們回頭一看，見佛祖的坐像向前移動了一些距離，一道紅色的亮光從坐像的後面射出來。

隨之而來的，是一股灼人的熱浪。

插劍的那塊地板，也從地下往上升，原來是一塊長條形的石頭。

「老師，你看那邊！」劉若其叫道。

他們望向身後，只見對面的牆壁開了一扇門，一股巨流從裏面狂湧出來，隨即空氣中瀰漫著很難聞的腥臭味。水很快就漫過了地面，那些汽油浮在水面上繼續燃燒。

大螞蟻在水中掙扎著，遇到什麼東西就往上爬。更多的螞蟻在水中游動，沒有多久便不再動了。

「這些水有毒！」苗君儒站在佛像上叫道，「你們快跳過來，千萬不要碰到那些水。」

本來供桌和佛祖坐像相隔有兩三米，坐像往前移了之後，二者之間只剩下一米左右的距離，輕輕一跳就可以跳過來。周輝首先把林寶寶送了過來，待林卿雲和劉若其都過來後，他才跳過來。

苗君儒攀著佛像，慢慢朝後面移過去，見佛像後面的石壁上，一塊大石板慢慢向內陷進去後，開啟了一個門，那門開啟的地方離地約有一米多高，高度超過了擺放黃金紫玉棺的平台。

聽到上面傳來紛亂的槍聲，緊接著，有人瘋狂地跑下來，不知道遇上了什麼更恐怖的東西。

蔡金林跑下來後，大叫著：「快，快把天師神劍給我！」

天師神劍已經插到了那塊長條石中，若要取出來，必須站到水裏去。

周輝叫道：「姨父，你要天師神劍幹什麼？」

蔡金林叫道：「上面……上面……」

他的話還沒有說完，被上面蜂擁下來的人擠落到水中，他從水中爬起身，蹚著水朝這邊走過來。

水並不深，也就是超過膝蓋，雖然對面的門內不斷有水灌進來，可是當水漫過石台後，便流到那個洞裏去了，所以水不再往上漲。水面上漂浮著一層螞蟻的屍體，那些披袈裟的和尚，被水淹到了脖子，一顆顆光頭隨著水流的晃動而搖擺不定。他們身上的僧袍和袈裟也浮在水面上，紅黃相間，顯得異常刺眼。

佛祖坐像身上的佛光不知道什麼時候消失了，苗君儒一看坐像的左手，見他放上去的那串佛珠，居然不見了。莫不是他們幾個人過來的時候，不小心碰掉了？

地下傳來一陣陣的震動，旁邊的石像似乎開始搖晃起來。

不好，這裏可能要塌了！苗君儒把林寶寶送到那個門洞去後，回頭見那塊插著天師神劍的長條石緩緩沉下去。

蔡金林已經撲到供桌前，雙手緊緊地抓著那把劍，用力想拔出來。可是那劍似乎已經和石頭連成了一體，任他用多大的力氣，都無法拔出來。

眼看著那劍一點點的沉入水中。

不斷有人跳到水裏，奮力朝苗君儒他們這邊走過來。

墓室的頂上不斷有大塊的石頭往下落，砸在那些人身上，立刻將人砸扁。

「快進去，快進去！」苗君儒不住地催促著。

「舅舅，快過來！」林卿雲鑽進石門的時候，不忘記朝蔡金林叫一聲。

蔡金林見拔不出天師神劍，心知大事不妙，朝這邊跑了兩步後，又回頭跑去，拿起一袋從黃金紫玉棺中取出來的珠寶。那袋珠寶似乎太沉了，他走了幾步就走不動了。

蔡金林仰頭道：「輝兒，輝兒，快點來幫我！」

周輝要過去幫忙，被苗君儒扯住：「都什麼時候了，他還顧著那些東西，下面的水有毒，你也不要命了！」

周輝的鼻子一酸，說道：「老師，其實你不知道，我不姓周，應該姓蔡！」

苗君儒一驚，問道：「為什麼？」

周輝的眼淚都流下來了，說道：「我雖然叫他姨父，可是他卻是我的親生父親，我母親嫁給我父親的時候，就已經懷我在肚子裏了！」

原來他們兩個人之間還有這一層血源關係，苗君儒扯著周輝的手便放開了，他可以不讓他的學生去救一個視財如命的傢伙，但是無法不讓兒子去救父親。

李道明和李子新爭先恐後地衝到了佛像前，他一把抓著周輝，叫道：「媽的，不要在這裏擋著我！」

周輝被他這麼一拉，身體向下落去，幸虧被苗君儒一把扯住，才不至於掉到水裏。李道明和李子新爬上坐像，鑽進石門去了。

蔡金林拖著那袋珠寶走了幾步，發覺下身已經麻痹，完全失去了知覺，驚駭之下，用手伸到水裏去摸自己的腿，一摸卻摸到一根硬硬的腿骨。他浸泡在水下的皮肉，已經完全爛掉了。

「爸，爸，我來救你！」周輝大哭著要跳下水，卻聽到蔡金林叫道：「不要下來，這水有毒！」

蔡金林抬起右腿，見右腿大腿之下的地方，只剩下一截白森森的骨頭。他的身體突然失去了平衡，摔倒在水中。

周輝見狀大哭，幾次要下水，都被苗君儒扯著，「你就算下去也救不了他！」

蔡金林從水中爬起來，雙手抱著那袋珠寶，對周輝叫道：「你快走，不要管我，回去告訴你媽，就說我對不起她……」

墓室牆壁上的燈盞被上面落下來的石頭砸中，掉到了水裏，整個墓室一下子暗了下來，唯有他們身後的石門內發出的紅光。

蔡金林歇斯底里地叫了一句：「不要管我，快走！」之後便再也沒有了聲音。

「走！」苗君儒拉著周輝，把他往佛像背後推過去。他們所攀住的佛像，也開始晃動起來，左右搖晃，似乎要倒！

苗君儒和周輝轉到佛像的後面，看著周輝進了石門，他正要進去的時候，被旁邊的張厚歧推了一下，身體向後面跌去。

他急忙用左手撐在牆壁上，右手抵著佛像背部，身體成大字形，才穩住了身體，不至於掉到水裏，但是他的頭部離水面還不到十釐米。一股濃濃的腥臭味，熏得他幾乎暈過去。

他的雙手交替著向上爬，當爬到石門旁邊的時候，感覺抵著佛像背部的右手不著力，一看之下，原來他的右手正抵在佛像背部的一個「卍」字上。

「卍」字是在佛像及佛教文物中常見的符號，讀作「室利靺蹉洛刹囊」，意為吉祥海雲，是佛陀三十二種大人相之一，一般都位於佛的胸前，怎麼會在背部呢？

「卍」字所在的那個地方陷了進去，與此同時，他聽到下面傳來一陣「吱吱嘎嘎」的機械聲，這尊佛像向後面移動退了回來，石門也慢慢開始合上。

「老師，快點！」周輝和劉若其用力頂著石門，可是沒有用。

苗君儒心急如焚地望著漸漸關攏的石門，他何嘗不想快點進去呢？可是眼下他為了不讓自己掉到水裏，身體大張著，根本用不上力。

眼見那門一點點的關上，要是全部關上的話，他可就被困死在這裏了。

好在佛祖的坐像也在一點點的後退著，他的右手移動了一下，抵到了實處，與右腳一起同時用力，向石門內躍了過去。

石門在他的身後關上，他坐在門邊，感覺身體像虛脫了一樣。若是晚上一兩秒鐘，他都沒有辦法進來了。

逃進石門裏的，除了他們五個人之外，還有李道明、李子新和張厚歧三個人，其他的人，則是一個都沒有逃進來。

石門內是一個高約兩米，寬約一米五的通道，上下左右全是一塊塊石頭砌成的石壁。前面方向不斷有一股股的熱浪襲來，李道明他們三個人靠在石壁上，沒敢向前走，全都望著苗君儒。

休息了一會兒，苗君儒起了身，在周輝的攙扶下，向前面走去。

儘管他們走得很小心，但如果通道內還有機關的話，他們根本沒有辦法躲開。

「老師，我們可以從這裏出去嗎？」周輝低聲說：「如果不是地下有水的話，是可以從我們進來的那地方出去的，那裏面沒有機關！」

現在說這些都已經沒有用了，再說他們是從那裏進來，可是出去的時候，又怎麼樣能夠打開那扇門呢？有的門只可以從裏面開啟，外面是無法打開的。

往前走了一百多米，通道向左拐去，走了幾十米，見眼前一亮，頓感熱氣逼人，呼吸也變得困難起來。

這是一個很大的空間，入眼全是紅色的火焰。

他們所站的地方，是一處洞口的平台上，面前是一道寬約兩三百米、兩端看不到頭的大溝壑，溝壑裏全都是翻滾著的岩漿。岩漿不住地冒著氣泡，向上噴射著火焰。

難怪這裏面的溫度會這麼高，在平台上站了一會兒，已經感覺到頭髮有些被烤焦了。

對面的岩壁上，也有一個和這邊一樣的洞口，洞口和洞口之間，有一條寬不過兩尺的天然石橋，石橋上光禿禿的，並沒有任何可以扶手的地方。

站在這平台上，看著那些岩漿就已經覺得頭暈目眩了，要是走在石橋上，頭一暈，稍有不慎就會掉下去，落入那些岩漿中。

苗君儒想起了仁德皇帝說過的最後那句話，明白指的是這裏，要想走過石橋，必須要靠膽量。

「啊！我的腳……我的腳……」李道明叫起來，驚恐地擼起褲管，見他腳上的皮肉已經變黑，正不斷滲出黑色的血水，他用手抓了一下，竟抓下一大塊血肉來。

「叔叔，我不能死，李家不能絕後的……」他大哭起來，望著李子新，「救救我，叔叔，救救我！」

李子新想要上前，臉色突然一變，他的身體失去了控制，向左一歪，在慘叫聲中掉下了大溝壑。一股烈焰「嗖」地冒了上來，眾人感覺到臉上一陣滾燙。

「我也不能動了！」張厚歧叫道，他從身上拔出手槍，瞄著苗君儒，「告訴我，這到底是怎麼回事？」

「那些水有毒！」苗君儒說道。

「媽的，你怎麼不早說？」張厚歧大怒，手指勾動了扳機。早在張厚歧拔出手槍的時候，苗君儒就已經有了準備，見機不妙，將身體一閃，同時右腳踢出。

「砰！」一聲槍響，子彈射在石壁上。張厚歧的腹部中腿，身體頓時飛了出去，落入溝壑下的岩漿之中。

「苗教授，救救我！」李道明朝苗君儒跪了下來，「求求你，想辦法救我，我不想死的！」

苗君儒搖頭說道：「我也不知道該怎麼救你，當你們碰到那些水的時候，水裏的毒就已經到你們的身上了。」

李道明求生無望，從地上起身，惡狠狠地朝林卿雲撲去過，「老子就是死，也要找個漂亮的妞來墊背！」

他的上身撲過去，但是下身無法動彈，身體重重地摔倒在地，林卿雲身邊的周輝見狀，朝他的身上踢了一腳。

李道明的身體滾到石台邊上滑了下去，但是他的雙手緊緊地抓著石台的邊緣，叫道：「苗教授，救我呀！」

苗君儒有些於心不忍，正要上前，卻見頭頂上落下幾塊大石頭來，其中的一塊就砸在石台的邊上。慘叫聲中，李道明和幾塊大石頭一同落入了岩漿。

「老師，這裏也要塌了！」劉若其叫道。

「我們手牽著手走過去，」苗君儒說道：「不要看下面，眼睛平視，呼吸平穩！」

他走在最前面，拉著劉若其的手，接下來的是林卿雲和林寶寶，走在最後的是周輝。

「後面的人看著前面人的背部就行，」苗君儒說道。他走上了石橋，朝下面瞟了一眼，頓時感到一陣暈厥，趕緊望著前方。

他們五個人手牽著手在石橋上一步步地移動著，不時有大塊的石頭從身邊落下，情形險象環生。

一股股烈焰從下面冒上來，似乎要將人吞沒，幾個人大汗淋漓，都感覺到身上的衣服都被烤得起了變化。

「堅持著不要停，不要看下面！」苗君儒說道，他又何嘗不是在替自己打氣呢？

時間彷彿過了一個世紀，他們總算熬到了這邊的洞口，回首望著對面，真不敢相信剛才就是從石橋上走過來的。

這邊的洞口裏面黑乎乎的，他們沒有火把，也沒有手電筒，根本無法進去，而他們所處的平台上也不是久留之地，上面正不斷有巨石落下來，也許用不了多久，這個地方會全部塌掉。正不知道如何是好的時候，只見裏面火光一閃，一個人舉著火把朝他們走過來。

「是你！」苗君儒認出這個舉著火把的人，竟然上次是送他們到鹽沼地的阿蒙力。

「皇上叫我在這裏等你們，」阿蒙力說道：「請跟我來！」

仁德皇帝難道早就算準了他們能夠經過那條石橋？苗君儒帶著疑問，跟著阿蒙力走。

阿蒙力邊走邊問：「皇上和你說過什麼？」

「他就是告訴我要靠勇氣才能過那座石橋，」苗君儒說道。

阿蒙力說道：「皇上畢生的遺憾，就是沒有辦法開啟寶藏的最後一道機關！」

「哦，」苗君儒點頭，並沒有繼續說話。

阿蒙力帶著他們一直往前走，都沒有碰上機關，一路上，他開啟了兩道石門，當開啟第三道石門的時候，苗君儒看到門邊的石壁上有一尊和石壁連為一體的佛像，佛像的旁邊有一排字：亡靈守護著寶藏。

佛像的胸前有一個「卍」字，「卍」字的中間隱隱有一個小孔。苗君儒望了一眼那小孔，似乎想到了什麼。

第三道石門開啟，他們走了進去，發覺進入了一個大石室，他們所站的地方是一塊很大的石板，再往前的地上鋪著一塊塊並不大的石磚，每一塊石磚約十個平方釐米，上面刻著一個字，粗略算了一下，整個房間內有一兩千個字。

這些字方方正正的，完全沒有頭緒的樣子。

「如果想開啟寶藏之門，就必須從這些字上面走過去才行，」阿蒙力說。

「為什麼要開啟寶藏的最後一道機關？」苗君儒猛然間醒悟過來，「你不是仁德皇帝的人，你在他身邊那麼久，就是想知道怎樣開啟寶藏的最後一道機關。」

阿蒙力哈哈大笑起來，「你很聰明，我在他身邊那麼久，為的就是得到寶藏！」

「你是拓跋索達的人？」苗君儒問。

「他算什麼東西？」阿蒙力冷笑。

阿蒙力這麼一說，苗君儒有些愣住了，阿蒙力到底是在為誰賣命呢？

「皇上告訴過我，說你找到了開啟最後一道機關的辦法，」阿蒙力說道。

苗君儒微笑道：「仁德皇帝根本不想我開啟！」

阿蒙力的手上出現一支槍，說道：「我可以用它逼你開啟，否則的話，我把你們全部殺死！」

「殺死我們，你也得不到寶藏，」苗君儒說道，「我們只想儘快離開這裏！」

阿蒙力說道：「只要你告訴我那幾個字，我就讓你們出去！」

苗君儒叫了一聲：「你後面的人是誰？」

阿蒙力大吃一驚，剛一扭頭，苗君儒就已經出手了，他左手抓著阿蒙力握槍的手，右拳擊出。原以為一擊必中，哪知道手下一空，阿蒙力已經閃身避了過去。他不敢怠慢，右腳緊接著踢出。

「沒想到你還是個高手，」阿蒙力向後一退，一隻腳已經踩上了一塊石磚，他剛要揮拳反擊，可惜已經遲了，一道藍色的閃電從上面直劈下來，擊在他的身上。慘叫聲過後，他在苗君儒他們的面前消失了。

「老師，他怎麼了？」劉若其問。

苗君儒也不知什麼原因，阿蒙力踩錯了地方，被強大的電流燒成了灰。上千年的古墓中，居然有這種可以產生電流的機關，實在太不可思議了。

「老師，老師，」走在最後的周輝叫起來，「那些岩漿湧過來了！」

苗君儒返身望去，果然見帶著火焰的紅色岩漿正朝這邊湧過來，想必是那邊已經塌了，石塊落入岩漿之中，把岩漿擠了出來。

他撿起地上的火把，轉出了石門，看到了門邊的那尊佛像，拿出仁德皇帝給他的那把鑰匙，向佛像胸前的那個孔插了進去，左右轉動，一聲輕微的聲響過後，佛像向後退去，出現了一個洞，洞內是一排向上去的台階。

「快進去，」他叫道。

當他最後一個進入洞口的時候，伴隨著轟隆隆的巨響和大地的顫抖，炙熱的岩漿剛好漫過他剛才所站的地方。

他們一個勁地往上爬，終於頂開了頭頂的石板，看到了自然的光線從窗子外面照射進來。他們推門出去，見這間屋子緊靠著仁德皇帝住的那間大屋子。

大地仍在顫抖著，轟隆隆的聲音不絕於耳。

他們使勁跑出屋子，朝村子後面望去，見黃色的灰塵沖天而起，原本村子後面的土坡也不見了，深深地陷下去一個大坑，旁邊的沙土不住地往下落。

「總算逃出來了，」苗君儒慶幸地望著那凹塌下去的山坡說道：「可惜我們什麼東西都沒有帶出來！」

「老爸，」林寶寶從脖子上拿下一串佛珠，笑道：「我有！」

苗君儒驚道：「我不是放在那尊佛祖坐像的手上了嗎？你是怎麼拿來的？」

林寶寶神秘兮兮地一笑：「你放上去，我摘下來，很簡單呀！」

「你這小鬼！」苗君儒笑道。一躬身把林寶寶背在背上，往前面走去。

剛走沒有多遠，就看到一副很慘烈的場景，遍地的屍體，鮮血已經將沙地完全染紅了。

赤月峽谷的谷口，有幾個騎在馬上的人，苗君儒認出最前面的兩個人是李菊香和拓跋索達，他們朝這邊望了幾眼，撥轉馬頭，朝谷內去了。

苗君儒朝峽谷那邊望著，目光變得深遠起來。

「苗老師，我們回去吧？」林卿雲說道。

苗君儒點頭，如血的夕陽，將他們幾個人的影子，拉得很長，很長。

幾天以後，一隊裝扮成中國人的日本特務，在敦煌附近的地方遭遇西北軍，被剿滅。

到達了銀川的苗君儒聽到這則消息後，似乎明白了什麼，令他不解的是，阿蒙力是怎麼聯繫上日本人的？

這也許是個永遠的謎！

更多苗君儒懸疑考古系列 請續看《搜神異寶錄7盜墓天書》

搜神異寶錄 之6 黃金玉棺

作者：嫈源霸刀
發行人：陳曉林
出版所：風雲時代出版股份有限公司
地址：10576台北市民生東路五段178號7樓之3
電話：(02) 2756-0949
傳真：(02) 2765-3799
執行主編：劉宇青
美術設計：許惠芳
行銷企劃：邱琮傑、張慧卿、林安莉
業務總監：張瑋鳳

初版日期：2017年9月
初版二刷：2017年9月20日
版權授權：吳學華
ISBN ：978-986-352-469-4
風雲書網：http://www.eastbooks.com.tw
官方部落格：http://eastbooks.pixnet.net/blog
Facebook：http://www.facebook.com/h7560949
E-mail：h7560949@ms15.hinet.net
劃撥帳號：12043291
戶名：風雲時代出版股份有限公司

風雲發行所：33373桃園市龜山區公西村2鄰復興街304巷96號
電話：(03) 318-1378
傳真：(03) 318-1378
法律顧問：永然法律事務所 李永然律師
北辰著作權事務所 蕭雄淋律師

行政院新聞局局版台業字第3595號 營利事業統一編號22759935

定價：280元　特惠價：199 元

國家圖書館出版品預行編目資料

搜神異寶錄／嫈源霸刀 著. -- 初版. -- 臺北市：
風雲時代，2017.06- 冊；公分

ISBN 978-986-352-469-4（第6冊；平裝）

857.7　　106006481